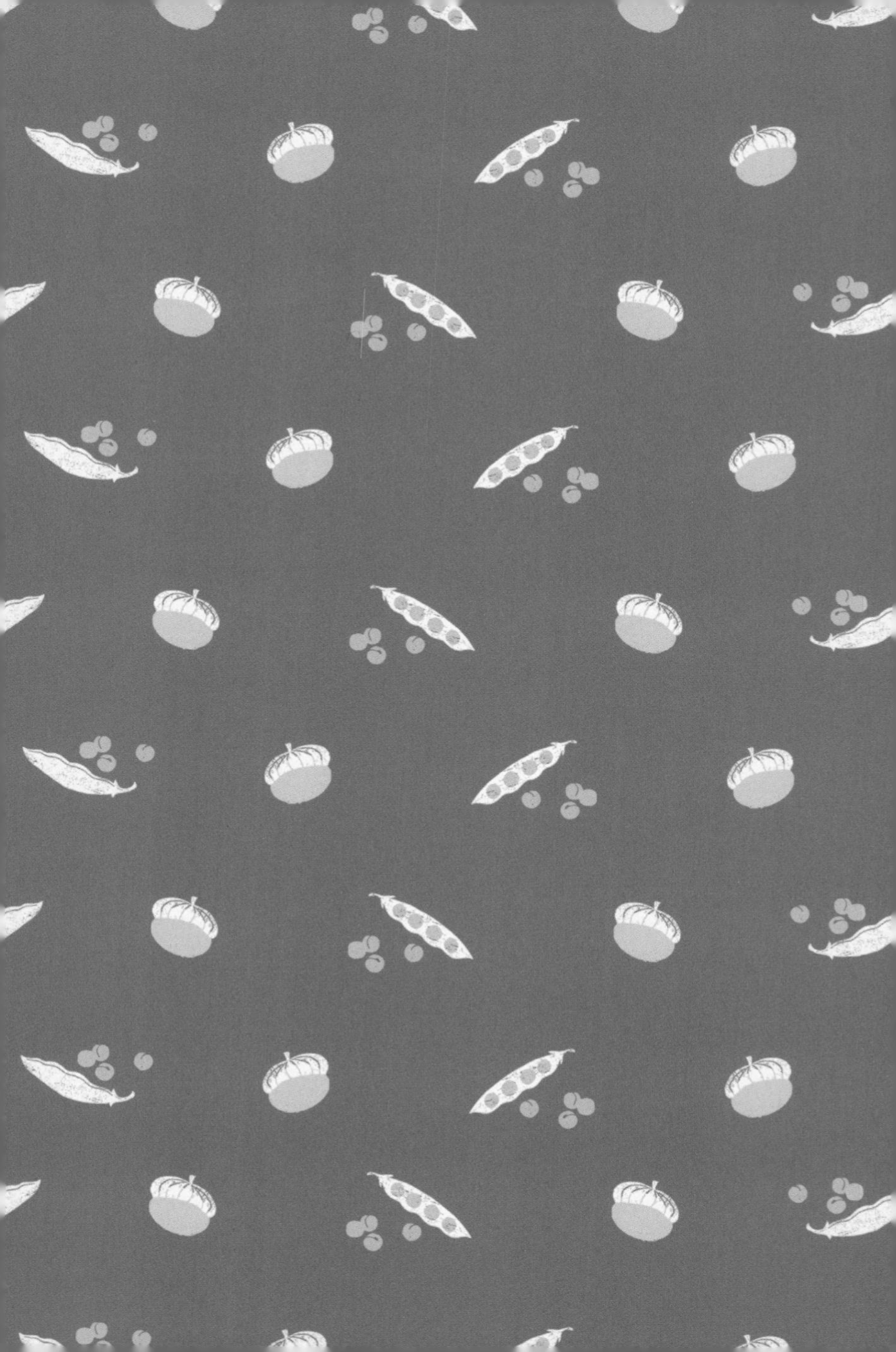

잘 먹고 갑니다

Original Japanese title : JINSEI SAIGO NO GOCHISOU
: Yodogawa Kirisutokyou Byouin
Hosupisu · Kodomo Hosupisu Byoin no rikuesuto shoku

아오야마 유미코 지음
정지영 옮김

잘 먹고 갑니다

人生最後のご馳走

21세기북스

머리말

잡지 편집자 시절, 복잡한 시가지의 정취나 지친 마음을 달래는 요리처럼 '바쁜 일상을 잘 살아가는' 데 필요한 많은 것들을 가르쳐준 선배가 있었다. 업무상 직속 선배가 아니었음에도 그는 가끔 나를 데리고 나가 유쾌하게 먹고 마시기를 즐겼다. 선배는 언제나 그런 즐거움을 다른 사람과 함께하기 위해 애쓴 사람이었다. 나비넥타이로 멋을 낸 차림새는 그의 트레이드마크로, 늘 과도하리만치 서비스 정신과 위트가 넘쳤다.

그런데 몇 년 전부터 선배가 술 마시는 모습을 좀처럼 볼 수 없었다. 박력 있어 보이던 큰 체구도, 만날 때마다 조금씩 왜소해졌다. 나중에야 선배가 암에 걸려 간의 일부를 절제했다는 사실을 알게 되었다. 수술은 성공적이었지만, 암은 그 후에도 끈질기게 선배의 몸 여기저기에 출몰했다. 완치가 어렵다는 통지를 받고도 선배는 '아직 해야 할 일이 있다'며, 체력의 한계가 올 때까지 암과 사투를 벌이다 세상을 떠났다.

선배가 세상을 떠나기 보름 정도 전의 일이다. 심각한 상태라며 선배의 가족에게 연락을 받은 지인이 병문안을 다녀온 뒤, 선배가 어느 양식점의 콩소메(Consommé, 육류와 채소를 푹 끓인 뒤 걸러낸 맑은 수프–옮긴이) 수프를 먹고 싶어 하더라는 이야기를 했다. 푸드 컨설팅 업계에서 활약하던 선배는 학교를 졸업한 뒤 어느 양식점 주방에서 처음 일을 시작했다. 그곳은 1928년 창업하여 지금은 오사카(大阪)의 기타신치(北新地)에 위치한 유서 깊은 가게였다. 그 양식점에는 '더블 콩소메'라 불리는 깊은 맛의 콩소메 수프가 있다. 선배가 바로 그 수프를 먹고 싶어 한다는 것이었다.

나는 보온병을 들고 가게로 가 사정을 이야기했다. 그러자 말쑥한 재킷 차림의 지배인 같은 사람이 고개를 끄덕이더니, 나를 테이블석 의자에 앉혀놓고는 보온병을 들고 주방으로 사라졌다. 잠시 후 돌아온 그의 손에는 뜨거운 수프가 담긴 보온병이 있었다. 그리고 "그분이 드실지 모르겠지만, 괜찮다면 함께 드세요"라며 작고 귀여운 과자까지 함께 챙겨주었다.

그 길로 나는 서둘러 병원으로 향했다. 살짝 놀라며 반겨주는 선배의 푹 꺼진 뺨, 힘줄이 선명하게 드러난 목덜미는 식사를 거의 못했음을 한눈에 알게 했다. 이런 상태에 괜찮을까 싶어 주저했지만 "좋아하는 수프라 들었어요, 식사할 때 드세요"라며 보온병을 건넸다. 선배의 눈이 반짝, 하고 빛났다. 그리고 지금 바로 먹을테니, 미안하지만 하얀 접시를 빌려와 달라고 부탁했다. 내가 접시를 빌리는 동안 선배는 창밖 풍경이 내다보이는 방문객실로 이

동했다. 이 더블 콩소메에는 멋없이 보온병 뚜껑을 접시 대신 사용하는 것도, 우중충하고 메마른 병실 풍경도 어울리지 않는다는 것이었다.

간호사에게 부탁해 얇고 하얀 샐러드 그릇을 빌릴 수 있었다. 더블 콩소메를 붓자, 이제까지 본 적 없는 진하고 깊은 호박색의 맑은 수프가 하얀 그릇 위에 떠올랐다. 농후한 고기 냄새와 이루 말할 수 없는 향기가 쫙 퍼졌다. 냄새만으로 배가 고파져 저절로 침이 넘어갔다.

"아, 알래스카의 더블 콩소메구나."

선배는 낮은 목소리로 중얼거린 뒤 눈을 감고 향기를 음미하듯 크게 숨을 들이마셨다. 그리고는 작은 숟가락으로 떠낸 수프를 입술에 살짝 갖다 대고 맛보았다.

"맛있다. 맛있어. 고마워."

선배는 내 눈을 지그시 바라보며 빙긋 웃더니 다시 눈을 감고 무언가를 떠올리는 듯했다. 그리고 나중에 천천히 즐기고 싶다며 보온병을 자기 곁에 소중하게 놓아두었다. 선배는 양식점 '알래스카'의 콩소메 수프가 어떤 노력과 시간을 들여 만들어지는지부터 시작해서 풋내기 시절 주방에서 혼났던 이야기, 젊을 때 '진국'이라 불리는 사람과 물건과 요리를 만나는 일이 앞으로의 인생에 얼마나 큰 영향을 끼치는지 등에 대해 이야기해주었다. 건강했을 때와 비슷한 성량이라고는 할 수 없지만 그래도 변함없이 훌륭한 어조였다.

정말 이 사람의 생명이 위태로운 상황인가? 혹 건강을 되찾을 수 있지 않을까? 그런 생각을 하자 마음이 조금 가벼워졌다. 하지만 그때 선배는 이미 언제 마지막을 맞이해도 이상하지 않을 정도로 항암제와 진통제의 부작용이 심해 도저히 입으로 음식을 섭취할 상황이 아니었다는 얘기를, 나중에야 다른 사람을 통해 전해들었다. 그 후 병문안을 갔던 또 다른 사람에게 '더블 콩소메를 먹었다'고 기쁘게 말했다는 이야기와 함께.

선배 얼굴을 본 것은 그날이 마지막이었다. 내 마음속에는 선배가 콩소메 수프를 먹고는 "맛있다. 맛있어"라고 했던 목소리와 싱글벙글하던 모습이 영원히 남았다. 병원에 있어도 식사 스타일을 고수하던 그 기개는 미의식과 허세에서 나왔을지 모르지만, 선배가 살아온 방식과 묘하게 통하는 느낌이 들었다. 나는 그때를 떠올릴 때마다 왠지 모르게 자세를 바로잡게 된다. 그것이 선배가 나에게 준 마지막 선물이다.

*

말기 암 환자는 항암 치료나 연명 치료의 중단을 선택할 수 있다. 이런 환자가 인생의 끝을 받아들이고 남은 시간을 가능한 평온하게 보내기 위해 선택하는 장소 중 하나가 호스피스 병원이다. 최근 자주 언급되는 이 호스피스에 대해 환자 당사자나 가족이 아니라면 명칭만 들어보았을 뿐, 자세한 것은 모르는 사람이 많을 것이다.

일본 호스피스 완화 케어의 제1인자이자 현 요도가와(淀川) 기독교 병원 그룹 이사장인 정신의학자 가시와기 데쓰오(柏木哲夫) 선생의 저서 《생명에 다가서다(いのちに寄り添う)》에는 전미 호스피스 협회에서 내린 호스피스의 정의가 쓰여 있다.

"호스피스란 말기 환자와 그 가족을 집이나 입원 체제 속에서 의학적으로 관리함과 동시에, 간호를 주체로 한 지속적인 프로그램을 유지하는 일이다. 다양한 직종의 전문가로 구성된 팀이 호스피스의 목적을 위해 행동한다. 그 주된 역할은 말기에 발생하는 증상(환자와 가족의 육체적 · 정신적 · 사회적 · 종교적 · 경제적인 고통)을 덜어줄 수 있도록 지원하고 격려하는 일이다."

가시와기 선생은 1973년 일본 첫 호스피스 프로그램을 시작하여 1984년에는 일본에서 두 번째로 병동형 호스피스를 개설했다. 그는 초대 호스피스 의사로서 이후 40년 동안 죽음에 직면한 환자 2,500명 이상과 마주해왔다. 이 책에서 취재한 요도가와 기독교 병원 호스피스 · 어린이 호스피스 병원은 가시와기 선생이 문을 연 병동형 호스피스를 전신으로 2012년 11월에 오픈한 독립형 호스피스다.

이곳은 집합주택처럼 보이는 밝은 분위기의 5층 건물로, 성인 병동 15개와 소아 병동 12개로 이루어져 있다.

병실은 전부 개인실이고 원내는 어느 곳이나 공간이 여유 있게 배치되어 있으며, 종이를 투과한 간접 조명이 내는 은은한 빛이 구석구석까지 채워진다. 1층에는 기독교 병원답게 스테인드글라스가 아름다운 그림자를 드리우는 예배당이 있다. 성인 병동의 평균 재원 일수는 약 3주간이다. 말기 암으로 남은 생이 두세 달 이내로 한정된 사람들이 주로 입원 대상이 된다.

이 호스피스에서 '요청식'이라는 시도를 한다는 사실을 신문기사를 보고 알았다. 요청식이란 정해진 식단을 따르지 않고 환자 개개인이 좋아하는 메뉴를 그야말로 요청하는, 이 병원만의 독자적인 시도다.

신문 기사에는 환자가 부탁한 요리와 거기에 얽힌 인생의 에피소드와 함께, 요청한 회를 입으로 가져가는 환자의 사진이 게재되어 있었다. 호스피스라는 장소에서 개별적으로 요리를 제공한다는 것도 물론 독특했지만, 무엇보다 '말기 암 환자는 식사가 어렵다'고 알던 내게는 환자가 먹는 것이 가능하다는 자체가 매우 놀라웠다. 게다가 날 음식까지 먹다니.

기사를 읽으면서 문득 선배가 콩소메 수프를 맛보았던 모습이 떠올랐다. 몸으로는 먹을 수 없어도 마음으로 먹는 경우가 있다. 섭취의 목적은 건강하게 살아가기 위한 몸을 만드는 데 있다고만 생각했는데, 그렇지 않은 식사도 있지 않을까? 시한부 선고를 받은 사람은 도대체 어떤 생각으로 먹는 것일까? 나는 그런 의문을 품고 이 병원을 왕래하기 시작했다.

*

요도가와 기독교 병원 호스피스 · 어린이 호스피스 병원에서는 금요일 정오가 되면 요청식 주문을 받기 위해 관리영양사 오타니 사치코(大谷幸子) 씨가 병실을 돌아다니며 방문한다. 오타니 씨는 침대 머리맡으로 바짝 다가가 지금 먹고 싶은 음식과 입맛의 취향, 양 등 환자가 원하는 것들에 정성스럽게 귀를 기울인다. 대답을 재촉하는 일 없이, 즐거운 세상 이야기를 하러 온 것 같은 분위기다.

먹고 싶은 메뉴가 넘치는 사람도 있고, 좀처럼 구체적으로 떠올리지 못하는 사람도 있다. 입원한 모든 사람들이 말기 암 환자라는 공통점이 있지만 각자 증상도, 몸 상태도 다르고 음식에 대한 생각도 제각각이다.

환자들은 호스피스에 오기 전까지 다른 병원에서 항암치료를 받았던 사람이 대부분이다. 그리고 모두들 그 병원에서 식사 제한을 받았거나 투약 부작용으로 식욕이 떨어져 제대로 먹지 못했던 경험이 있다. 이번에 취재를 진행하면서, 그들로부터 '다시금 먹을 수 있게 되었다'는 기쁨의 목소리를 여러 번 들을 수 있었다.

말기 암 환자가 다시 음식을 먹게 되었을 때, 정해진 식단이 아니라 스스로 고른 메뉴를 먹는다면 어떨까? 종종 텔레비전에서 "인생의 마지막에 무엇이 먹고 싶은가?"라는 기획을 다루기도 하는데, 호스피스에 입원한 환자에게는 그날 그때의 식사가 문자 그대로 마지막 식사가 될지도 모른다. 어떤 기분으로, 무엇을 고를 것인가? 처음에는 정말 상상조차 되지 않았다.

취재는 특정 메뉴를 고른 이유를 묻는 일에서부터 시작했다. 그러자 요리 이름뿐 아니라 음식에 얽힌 에피소드가 환자의 입에서 흘러나왔다. 그 이야기는 환자들이 지금까지 지내온 일상의 단편적인 모습이었으며, 이야기 속에는 본인만이 아니라 함께 음식을 먹은 누군가도 포함되어 있었다. 그 안에는 모두가 살아온 시간이 담겨 있었다. 우리가 이제까지 먹어온 음식에는 우리의 생각보다 훨씬 다양한 추억이 깃들어 있다.

사람은 먹지 않고서는 살 수 없다. 가난하여 사흘에 한 번밖에 싸지 못했던 도시락 반찬도, 가족에게 둘러싸여 떠들썩하게 먹는 호사스러운 스키야키(얇게 썬 소고기에 파, 표고버섯 등의 재료를 넣어 만든 냄비 요리 - 옮긴이)도, 무미건조한 병원의 죽도 몸에 들어가면 결국은 똑같다. 살기 위해 단순히 거듭해온 수천 번의 식사 중 한 끼에 불과할 수도 있다.

하지만 아무래도 다르다. 먹는다는 것은 단지 영양을 섭취하는 작업이 아니다. 또한 아무리 소박한 음식을 먹는다고 해도 그 안에 마음이 담겨 있다면 본인에게는 소중한 시간이며, 그 시간의 식사는 만찬이나 다름없다. 열네 명의 말기 암 환자들의 이야기에 귀를 기울이는 동안 나는 그렇게 느껴갔다.

병원이라는 장소는 치료를 위해 매우 효율적으로 체계화되어 있고, 환자는 그 시스템에 따를 수밖에 없다. 따라서 투병이라는 상황에 놓인 암 환자는 몇 가지 패턴화된 환경에 몸을 맡겨야 한다. 일반 병동에서는 마치 획일적인 사물처럼 다루어져서 '나'라는 사람 자체가 사라지는 기분이 든다는 환자도 있었다.

하지만 이 호스피스에서는 모두가 각기 개성이 있었다. 그들이 말하는 이야기에서 떠오르는 인생의 풍경도 그야말로 십인십색이었다. 개개인이 얼굴도 목소리도 성격도 다른 것과 마찬가지로 지금까지 살아온 길이 각기 다르다. 그들의 요청식은 '암 환자'라는, 막연하고 얼굴 없는 존재에서 자신다움을 되찾는 계기를 마련해준다는 느낌마저 들었다.

호스피스 환자라면 당연히 신체적으로 힘겨운 상황일 텐데도, 이 병원에서 만난 사람들은 놀라울 정도로 밝고 온화해서 희망을 품고 하루하루를 보내는 듯했다.

수다를 좋아하여 많은 이야기를 하는 사람, 숫기가 없어서 말수가 적은 사람, 나와 몇 주씩이나 만난 사람, 시간이 얼마 남지 않은 사람 등 다양한 사람들을 만났다. 같은 환자라도 그의 체력과 기분에 따라 이야기를 듣는 시간과 상황이 매일 달라졌다. 또한 환자 본인보다 곁을 지키는 가족이 이것저것 가르쳐주는 경우도 있었다.

일반적인 인터뷰라면 활자로 바꿀 때 형식을 하나로 통일하지만, 이번만은 상황이 잘 전해지도록 굳이 문장을 바꾸지 않고 정리했다. 음식과 직접적으로 관련된 에피소드가 아닌 이야기도 많았다. 그런 부분은 생략해버릴 수도 있었지만, 사람이 살아온 과정에는 정말 다양한 이야기가 얽혀 있는 탓에 일부만을 떼어내어 다루기 어려웠다.

살아가는 일은 먹는 일이고, 먹는 일은 곧 살아가는 일이다. 이 책을 읽는 여러분도 필시 그렇기를 바란다.

차례

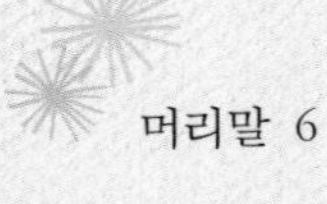

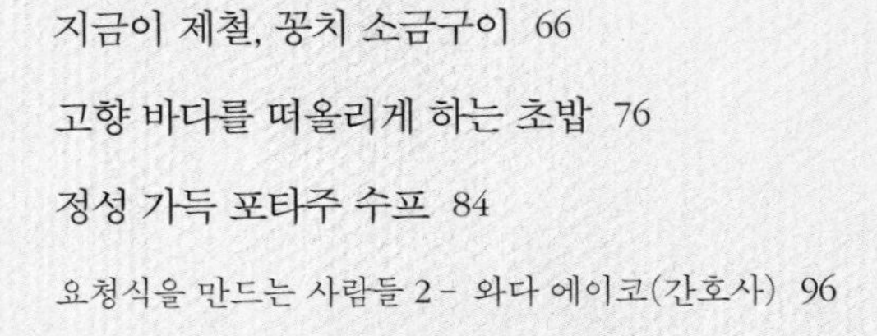

※ 환자의 이름은 본인과 가족의 의향에 따라 실명 및 가명, 이니셜로 표기했습니다.

프롤로그

다마이 가즈요(玉井和代, 74세) 씨의 요청식 청취로부터

— 다마이 씨, 안녕하세요. 내일 저녁은 좋아하는 메뉴를 요청하는 요청식 시간이에요. 뭐가 드시고 싶으세요?

내일은 따끈한 튀김을 부탁하고 싶네요.

— 튀김은 갓 튀겨서 따끈따끈한 게 맛있죠. 원하는 재료가 있으세요?

글쎄요. 새우나 오징어… 호박도 좋지요.

— 다른 건 어떠세요? 예를 들면 표고버섯이나 차조기

잎도 괜찮고요. 좋아하시는 건 뭐든지 말씀하세요.

아, 표고버섯도 차조기 잎도 아주 좋아해요. 하지만 그렇게 여러 가지를 골라도 되려나?

— 원하시는 양만큼 준비할게요. 다마이 씨는 평소에 튀김을 자주 드셨어요?

저도 아이들도 엄청 좋아해요. 하지만 아이들이 결혼해서 집을 떠나고 남편과 둘만 남고부터는 예전처럼 자주 먹지 않았어요. 게다가 병에 걸린 뒤로는 몸에 기운이 없으니 집에서 튀김 요리를 할 엄두가 안 나더라고요.

— (수긍하며) 튀김 말고 반찬은 뭐가 좋으세요? 지난번에는 초무침과 달걀찜을 드셨지요?

맞아요. 저번에 먹은 초무침도 맛있었어요.

— 병원 음식이 입맛에 맞으세요?

정말로 입맛에 딱 맞아요.

— 이 얘기를 들으면 조리사가 기뻐하겠네요. 선호하는 맛이나 희망 메뉴를 말씀해주시면 요리하는 데 도움이 되니까요.

내일 튀김 요리도 기대할게요.

— 식욕은 어떠세요?

완전히 식욕이 나서 지금은 밥 먹는 생각만 할 정도예요. 어쩐지 부끄럽네요. 호호.

— 먹지 못했던 시기가 있으셨어요?

전에 있던 병원에서는 고작 두세 입만 먹었어요. 식사가 도착하면 먼저 양을 보고 한숨부터 나왔지요. 먹지 못하면 남길 수밖에 없는데, 그러면 아까우니까 기분이 좋을 리가 없잖아요. 주먹밥은 하나면 되는데 세 개나 나오고, 맛도 없었어요. 그걸 젓가락으로 으깨서 후리카케(어분, 김, 소금, 깨 등을 섞어서 가루로 만든 식품 – 옮긴이)를 뿌린 다음 어떻게든 입에 넣으려고 했지만… 점점 음식을 보면 괴로워서 눈물이 나왔어요. 몸을 위해서 꼭 먹어야 한다는 걸 머리로는 알고 있었지만, 먹는 일이 슬퍼진 거죠. 식사를 하지 못해서 영양제를 먹게 되면 맛도 기분도 안 좋고, 세 통이나 먹어야 하니 지치고 힘들더라고요.

— 괴로우셨군요.

여기에 오니 식사가 엄청 맛있어요. 음식도 병원의 플라스틱 그릇이 아니라 집에서처럼 도자기 그릇에 담겨 나오고요. 맛있는 음식점에서 먹는 것 같아요. 이건 지난번 요청 식사 때 가족 모두와 함께 찍은 사진이에요. 간호사분이 찍어주셨어요.

— 어머, 증손주가 있으셨어요? 젊어 보이시는데요.

아니에요. 머리를 잘라서 그런가? 먹을 수 있게 되니 기운이 나는 게 느껴져요. 전에는 침울하고 사고력도 없어지고 무기력해져서… 지금은 기분도 좋고 정말 즐거워요. 점점 기운이 나서 기쁘네요. 조금 과식하는 게 아닌가 할 정도예요.

요청

가족 모두가 좋아하는 튀김

"튀김 요리를 하면
그 옆에서 아이들이 젓가락을 뻗고는
갓 튀겨 따끈따끈한 튀김을 자꾸 먹었어요."

다마이 가즈요(玉井和代, 74세), 췌장암

다마이 씨는 꽃피는 듯한 미소가 인상적인 분이었다. 호스피스로 병원을 옮긴 뒤부터 웃는 얼굴을 되찾았다고, 그녀의 남편이 말했다. 다마이 씨의 온화하고 유연한 어조가 조금 고조되는 순간은 남편과 여행지에서 본, 아름다운 풍경과 맛있는 밥에 관해 이야기를 할 때였다. 행복해하며 동의를 구하는 그녀의 밝은 표정이 남편을 무엇보다 기쁘게 해주는 듯했다. '예전부터 정말 착한 아이였다'고 부부가 입을 모아 칭찬한 따님의 이야기를 들을 때는 육수와 간장 향이 피어나는 가족의 식탁이 눈앞에 그려졌다.

새우, 오징어, 표고버섯 등 좋아하는 재료를 원하는 양만큼 요리했다. 오징어에 칼집을 잘게 내어 먹기 편하도록 배려했다. 마찬가지로 다마이 씨 가족 모두가 아주 좋아했던 달걀찜도 함께.

앞으로 몇 번이나
정월을 맞이할 수 있을까?

평일에는 남편이, 주말에는 아이들이 병원에 와줘요. 아이는 둘인데, 첫째는 딸이고 둘째는 아들이에요. 나는 스물세 살에 결혼했는데, 첫째 딸도 스물세 살에 결혼했어요. 그리고 첫째 딸의 장녀도 스물셋에 결혼했답니다. 아이가 연달아 쑥쑥 생긴 덕분에 증손주까지 보았네요.

정월에는 아들네 가족까지 모여서 둘러앉아 설음식을 만들어요. 예전부터 정월이 가까워지면 서둘러 준비를 시작해서 검은콩으로 긴톤(콩이나 고구마를 삶아 으깬 뒤 밤 등을 넣어 만든 단 음식 - 옮긴이)을 만들었답니다. 가족 모두가 조림을 좋아해서 연근이나 우엉조림도 잔뜩 했어요. 가다랑어나 다시마로 푹 우려낸 육수로 만든 달걀말이는 좀 많다 싶을 정도로 만들어도 금방 없어져 버렸지요.

나는 먹는 것도 좋아하고 요리하는 것도 그리 싫어하지

않아요. 사실 주부가 집에서 하는 일이 의외로 많잖아요. 예전에는 아르바이트도 하고 있어서 꽤 바빴어요. 하지만 가족들이 맛있다고 하면서 기뻐해 주니까 열심히 요리를 만들었지요. 그러고 보니 올해 정월에 이렇게 말했네요. "앞으로 몇 번이나 다 함께 정월을 맞이할 수 있을까?"라고. 그런데 이렇게 병에 걸리고 말아서….

행복한 가정을 지탱한
요리 솜씨

나는 시코쿠(四国)에서 남편은 오사카에서 태어났지만, 남편의 외가 쪽이 시코쿠라서 그쪽의 친척 소개로 인연이 닿았어요. 결혼한 뒤로는 남편을 회사에 보내고 가사와 육아로 매일을 보냈지요. 육아가 조금 안정되었을 무렵에 슈퍼마켓의 계산원 아르바이트를 하러 나갔어요. 그래도 역시 아이들이 최우선이었답니다. 모두 등교한 후에 출근하고, 하교하기 전에 먼저 돌아와서 저녁밥을 준비했어요. 그 아르바이트를 한 곳이 내가 다닌 첫 직장이었는데, 정신이 들어보니 그대로 정년까지 다녔네요. 친구도 생겼고 즐거웠어요.

짧은 시간에 음식 몇 가지를 만들어내니까 솜씨가 좋다는 말을 들었지만, 매일 일에 쫓기는 생활을 하다 보니 자연히 손이 빨라진 건지도 모르겠어요. 딸은 어릴 때부터 내가 부엌에 서 있으면 자연스럽게 거들어줘서 도움이 되었어요. 그렇지, 딸아이가 초등학교 5학년 때 조리실습에서 오이를 칼로 탁탁탁탁 썰었다고 했어요. 그랬더니 다들 매우 놀라면서 "모두 다마이를 보고 배워라" 하고 선생님이 말씀하셨대요. 딸아이도 요리를 잘한답니다. 특히 조림 같은 건 엄청 맛있게 만들어요.

나는 요리책을 보면서 새로운 메뉴를 시도하기보다 엄마가 만들어줬던 가정식 반찬을 따라 하는 편이었어요. 입원하기 얼마 전에 아들이 집에 와서 자고 간 적이 있어요. 저녁밥은 뭐가 좋겠냐고 물으니 오믈렛이라고 하는 거예요. 그러고 보니 우리 집의 오믈렛은 조금 특별해요. 감자에 여러 가지 재료를 섞어서 크게 만들거든요. 양파와 다진 고기를 볶아두고 감자는 따로 삶아서 껍질을 벗긴 뒤 주사위 모양으로 자르지요. 조금 손이 많이 가지만, 감자가 들어가면 성장기 아이의 배를 든든하게 채워줄 수 있어요. 생각해보면 그 오믈렛의 맛이 내가 어린 시절에 좋아했던 엄마의 맛인 것 같아요. 딸아이도 감자가 들어간 오믈렛을 자기 아이들에게 먹인다고 하네요. 호호.

아이들과 함께 살던 시절에는 어묵이나 카레, 고기 감자조림처럼 한꺼번에 여러 명이 먹을 수 있는 반찬을 많이 만들었어요. 그런 요리는 양이 많을수록 더 맛있어져요. 달걀찜도 모두 좋아했어요. 딸은 "어떻게 하면 식초를 넣지 않고도 이렇게 굳기 직전의 부드럽고 끈적끈적하고 반질반질한 느낌을 낼 수 있지?" 하고 고개를 갸우뚱하곤 해요. 많은 양을 쪄내면 육수의 좋은 향기가 퍼져요. 그러면 행복한 기분이 든답니다.

갓 튀긴 튀김 너머로 펼쳐지는 가족의 식사 풍경

남편은 음식을 가리지 않고 무엇이든 잘 먹어주었어요. 성격도 엄청 온화해서 싸우지도 않았네요. 나도 집에서 큰소리 내는 일이 없었고요. 모두 사이가 좋았어요.

아이들이 커서 손이 덜 가게 된 후로는 남편과 1년에 몇 번씩이고 여행을 갔어요. 유명한 관광명소 말고, 풍경이 아름답고 물이 좋은 온천을 찾았지요. 둘 다 감격한 장소는 다테야마 구로베(立山黒部)의 다테 산이에요. 고산식물이 피우는 꽃이 귀엽더라고요. 큰 나무가 치솟은 산도 매력적이지만 1, 2미터짜리 낮은 상록수가 지면에서 쑥쑥 자라나는 모습이 넓게 펼쳐져 있는 다테 산은 정말 아름다워요. 이미 산은 실컷 봐왔다고 생각했지만 그렇지 않구나, 산이 이렇게 아름다울 수 있구나 하면서 감동했어요.

온천 지역에는 온천 달걀이 있잖아요. 하나 먹으면 수

명이 7년 늘어난다는 검은 달걀을 먹은 적이 있는데 아주 맛있어서 얼마든지 마구 먹을 수 있겠더라고요. 둘이서 엄청 먹었어요. 그걸 계산해보면 훨씬 오래 살아야 할 텐데… 하하.

남편과 둘이서만 생활하게 된 후로는 손이 가는 요리는 하지 않게 되었어요. 튀김은 좋아하지만 여러 가지 재료를 준비하는 게 힘드니까 둘이서는 잘 안 먹게 되더라고요. 아이들과 함께 살던 시절에는 튀김을 산더미처럼 튀겼어요. 튀김을 하면 그 옆에서 아이들이 젓가락으로 자꾸 집어 먹으니 아무리 튀겨도 접시에서 튀김이 사라지는 느낌이 들더라고요. 호호. 그 모습을 보면 튀기는 사이에 저절로 배가 부른 것 같았어요. 그렇지, 우리 집은 돼지고기도 튀겨서 먹었어요. 얇게 썬 고기를 저렴하게 구매해서 여러 장 겹쳐서 튀겼는데, 그것이 오히려 좋았나 봐요. 씹으면 '쭉' 하고 육즙이 나와서 맛있다고 다들 잘 먹었어요. 그런 건 벌써 잊었다고 생각했는데, 왠지 떠오르네요.

여기에 입원한 뒤 먹는 일이 엄청 즐거워졌어요. 자꾸

내가 건강해지는 건가 싶어요. 혹시 병이 낫는 게 아닐까 착각할 정도예요. 전에 있던 병원에서는 음식이 안 넘어가 체력이 떨어져서 앉는 것도 힘에 부치고 목소리도 나오지 않았어요. 고통스러워서 죽고 싶다고만 생각했어요. 그런데 음식을 입으로 맛있게 받아들이게 되고 나서는 스스로 걸을 수 있게 되었답니다. 믿기 어려울 정도지요. 남편이 "전에는 무서운 얼굴을 하고 있었는데 지금은 미소 짓고 있네"라고 기뻐하네요. 오늘 저녁은 튀김을 부탁했어요. 정말 맛있었답니다. 갓 튀긴 튀김요리였어요. 마침 아이들도 와줘서 함께 먹을 수 있었는데 정말 기쁘고 맛있고… 행복했어요.

병원 내에 있는 일본식 방. 자택에서 지내는 듯한 기분이 드는 장소이다.

요청

옛 추억을 되살리는 경양식

"젊은 시절 크로켓이나 스파게티 같은
양식 메뉴를 좋아했어요.
맛집을 찾아다니는 것이 취미였지요."

다케우치 사부로(竹内三郎, 70세), 직장암

다케우치 씨는 후쿠오카(福岡)의 탄광촌에서 자랐다. 여러 직업을 전전하면서 오사카에 뿌리를 내렸고, 휴일에는 독서를 하거나 친구와 등산을 가거나 강에서 낚시를 즐겼다고 한다. 싸고 맛있는 음식 찾아다니기를 매우 좋아해서 취재 중에도 우동 가게나 중화요리 가게를 추천해주기도 했다. 입원 전에는 슈퍼마켓 자전거 보관소에서 일을 했는데 아주머니들이 하염없이 붙들고 이야기를 해서 곤란했단다. 항상 시원시원하게 "감사합니다!"라고 말을 거는 다케우치 씨는 한없이 대화를 나누고 싶어지는, 친절한 사람이었다.

카페나 경양식집에서 먹어봤을 예전 서양식 요리. 왠지 그리운 맛이 날 것 같은 파스타와 크로켓을 보고 다케우치 씨는 "예전에는 이런 것이 만찬이었지요"라며, 느긋하게 맛을 보았다.

가난한 탄광촌,
어린 시절의 추억

나는 감자만으로 만든 간단한 크로켓을 좋아해요. 그리고 요리 옆에 조금씩 곁들여서 나오던 이탈리안 스파게티도 좋아하지요. 나는 고급 요리가 아니라 옛날에 먹던, 싸고 맛있는 음식이 그렇게 좋더라고요.

스물다섯 무렵에 오사카의 교바시(京橋)에서 일했는데, 어느 날 출근길에 크로켓 정식 가게가 생긴 것을 발견했어요. 메뉴는 간단한 감자 크로켓과 크림 크로켓 두 종류만 있었지요. 흥미롭더군요. 병원에서 무얼 먹고 싶으냐고 물어봤을 때, 그곳에서 자주 먹었던 크로켓이 갑자기 떠올랐어요. 먹음직스럽게 겉이 바삭하게 튀겨진 크로켓에 양배추가 듬뿍 곁들여져 맛있었지요. 1970년대 초반이려나. 교바시에는 물장사를 하는 가게가 많아서 카바레가 여러 군데 있었어요. 싸고 맛있는 음식점도 많았지요.

나는 1944년에 시가(滋賀)에서 태어났어요. 뭐든지 부족했던 시대이기도 했지만, 우리 집 역시 매우 가난했지요. 살던 동네에서는 아버지가 일자리를 구하지 못했어요. 그래서 탄광촌이라도 가려고 하셨는지 후쿠오카의 이즈카(飯塚)로 가족을 이끌고 이사를 했어요. 이즈카에 있는 지쿠호(筑豊)는 일본 제일의 석탄 산출지였거든요. 당시에는 거리에 사람이 넘쳤고, 지쿠호 본선 열차가 달리고 있었어요. 하지만 집 바로 옆에 산이 있고 강도 흘러서 낚시하면서 즐거운 시간을 보냈지요. 탄광촌이라고 했을 때 떠올리기 어려운, 자연이 깨끗하고 좋은 시골이었어요.

초등학교 때 한 반에 50명 정도 있었는데, 그중 열 명은 도시락을 가져오지 못했어요. 우리 집은 형제자매가 많은데다 가난해서 도시락을 사흘에 한 번만 싸 갈 수 있었어요. 어머니가 구워서 잘게 찢은 오징어를 도시락 반찬으로 싸 주셨던 기억이 나요. 나중에는 매실 장아찌만 반찬으로 담긴 검소한 도시락을 싸 주셨지요.

카페 주방에서 배운
이탈리안 스파게티

중학교를 졸업한 뒤, 오사카로 나와서 맨 처음에 일한 곳은 공업제품의 부품을 만드는 공장이었어요. 몇 시간씩 커다란 강철을 자르는 일을 했죠. 같은 고향 친구가 많아서 부모님 곁을 떠났다는 쓸쓸함은 못 느꼈어요. 그보다 오사카는 도시니까 화려하고 즐거웠지요. 그 뒤로 공장 직원, 카페 조리사, 경비원 등 여러 직업에 종사했어요. 크레인 조작 자격증을 따서 아마가사키(尼崎)의 스미토모(住友) 철강에서 15년 정도 일하기도 했지요. 결혼은 한 번 했었지만 잘 풀리지 않더군요. 아이는 없어요.

스무 살 무렵, 그러니까 1965년쯤 신사이바시스지(心斎橋筋) 상점가에 있는 프렝탕이라는 카페에서 2년가량 일했어요. 네? 지금은 폐점했다고요? 안타깝네요. 당시는 오사카에서도 가장 고급 카페였어요. 가게 내부에 훤히

트인 나선형 계단을 올라가면 2층은 발코니처럼 되어 있었지요. 벽에는 이름을 알 만한 화가가 그린 그림이 걸린 엄청 고상한 가게였습니다. 홀의 여직원은 외모를 보고 뽑았으니 그곳에서 일한다는 것은 곧 외모로 합격점을 받았다는 의미가 되었지요. 사원 여행은 한 해에 여섯 번이나 있었어요. 대단하지 않습니까? 게다가 시라하마(白浜, 온천으로 유명한 관광지)의 깔끔한 료칸 같은 곳에 갔어요. 직원들에게 좋은 것을 보여주자는 것이 사장의 방침이었거든요.

요리사도 제대로 맛있는 밥을 해줬고, 정시에 출근해서 정시에 퇴근했어요. 정말 좋은 직장이었지요. 아, 비프커틀릿이 생각나는군요. 고급 가게여서 비프커틀릿의 가장자리를 잘라낸 뒤 손님상에 나갔어요. 조리 담당 선배가 그 가장자리를 나한테 줬지요. 그게 정말 엄청나게 맛있었어요. 예전에는 카페에서 살짝 데친 파스타를 물에 담근 다음 하룻밤 냉장고에 넣어둔 뒤 요리했어요. 놀랍죠? 그것도 맛있었는데.

그 시절 형과 누나도 후쿠오카에서 간사이(関西)로 나왔어요. 그래서 누나네 집에 놀러 가곤 했지요. 한번은 아이들에게 이탈리안 스파게티를 만들어줬어요. 양파, 햄, 피망을 넣어서 만들었던가? 그런데 아무도 파스타 같은 걸 본 적이 없어 놀라더군요. 아이들이 "엄마, 이거 또 만들어줘!"라고 좋아하기에 누나에게 레시피를 가르쳐준 기억이 나네요. 그때가 그립군요.

예나 지금이나
식도락 인생

20대 시절 당시 직장 선배가 '넘버원'이라는 음악다방, 지금으로 말하자면 라이브하우스 같은 곳에 데려간 적이 있어요. 도톤보리(道頓堀)의 가니도라쿠(かに道楽, 일본의 유명한 게 요리 전문점－옮긴이) 앞이었지요. 그곳은 서양 음악

을 하는 가수의 등용문 같은 장소였는데 〈루이지애나 마마(Louisiana Mama)〉를 부른 이다 히사히코(飯田久彦)처럼 그곳에서 시작해 전국적으로 유명해진 가수도 많아요. 토요일 밤이 되면 동료와 그곳에서 음악을 듣는 것이 즐거움이었지요. 여기에는 가져오지 않았지만 아파트에 CD가 1,000장 정도 진열되어 있어요. 가장 좋아하는 가수는 예전부터 롤링스톤스였어요. 꽤 하드하지요? 하하.

술은 양껏 마시는 걸 좋아했어요. 위스키를 마시면 일부러 많이 마시려고 밀크커피를 섞어서 먹었지요. 그런 턱없는 방법을 썼으니 이런 병에 걸렸나 봐요. 취미는 등산과 강에서 낚시하기예요. 어린 시절부터 시골에서 낚시를 했었어요. 이 근처라면 노세(能勢)의 상류나 이나가와(猪名川)에서 송어를 낚을 수 있겠네요. 잡아서 먹는 것보다, 물고기가 낚이는 순간이 낚시의 묘미니까 잡은 물고기는 놓아줘요. 등산은 부나가타케(武奈ヶ岳) 산 등지를 가요. 사가(佐賀) 현과 교토의 경계에 있는 해발 1,200미터 정도의 산인데, 가을에는 너도밤나무 숲의 단풍이 멋있고, 습원(濕原, 습기가 많은 초원)도 있어요. 아침 일찍부터 올라가면 정상에 도달할 무렵 하늘에 떠 있는 성 같은 구름이 바다처럼 넓게 펼쳐질 때가 있어요. 그 모습은 정말 아름답지요. 젊은 시절 도시에서 번화가 생활을 즐긴 것도 좋았지만, 역시 자연이 좋아요. 의외인가요? 가정은 갖지 못했지만 낚시나 등산 친구는 많이 있었어요.

젊은 시절부터 싸고 맛있다고 소문난 가게 얘기를 들으면 저절로 발길이 향하더군요. 자동차나 물건을 사는 일에는 흥미가 없었고, 그야말로 식도락 생활을 하다가 통풍 환자가 되었지요. 허허. 맛있는 술집에서 신선한 고등어회나 훈제한 고래 뱃살에 간장을 듬뿍 쳐서 먹었어요.

여기는 식사도 여러 가지 고를 수 있으니까 다음에는 무엇으로 할까 기대가 돼요. 소금과 후추만 뿌린 간단한 닭튀김이나 깨소금을 뿌린 팥밥에 생선 구이도 괜찮은데. 나는 규슈 출신이라서 나가사키 짬뽕도 그립더군요. 아무거나 먹어도 괜찮다고 하지만 스테이크나 스키야키가 아니라 그런 음식만 생각나네요.

나무의 온기가 느껴지는 십자가 장식. 기독교의 박애정신이 자연스럽게 채워진 공간.

요청

조카딸과 먹던 초밥

"친딸 같은 조카딸과
자주 초밥을 먹으러 갔었지. 맛있는 음식을 먹으면
그것만으로도 행복해지잖아."

니시무라 에미코(西村恵美子, 74세), 간암

니시무라 씨는 오코노미야키 가게를 운영했던 어머니 슬하에서 여섯 남매 중 밑에서 두 번째로 태어났다. 덕분에 가족들에게 귀여움을 받으며 자랐다. 일찍이 남편을 잃고 고생한 어머니를 간호할 사람이 필요해지자, 회사를 관두고 집에 들어가서 가족을 지켰다. 취재 중 가끔 엄습하는 아픔에 얼굴을 찌푸리면서도, 경쾌한 오사카 사투리로 이야기를 들려주었다. 그녀의 이야기에 귀를 기울이고 있자니 니시무라 씨가 손수 만든 요리를 먹어온 가족이 부러워졌다. 오랫동안 식탁을 함께 해온 조카딸 마사 씨가 종종 이야기에 동참해 주었다.

한입에 먹을 수 있도록 조금 작게 만든 초밥. 고등어 초절임도 조리사가 직접 만들었다. 표면에 정성스럽게 들어간 칼집에서 먹기 편하게 배려한 것이 엿보인다. 맛있는 집 찾아다니기를 좋아했던 니시무라 씨를 위해, 음식점에서 나오는 것처럼 대나무 잎을 깔았다.

성격도 입맛도
꼭 닮은 조카딸

어릴 때부터 편식이 심해서 고기는 못 먹어. 소도 닭도 돼지도 안 돼. 간 같은 건 절대 못 먹지. 그래서 젊은 시절부터 빈혈이 있어서 여러 번 수혈을 받았어. 대신 채소나 생선을 매우 좋아했는데 특히 해산물은 없어서 못 먹을 정도였어. 친구와 초밥이나 맛있는 음식을 곧잘 먹으러 갔었지. 우메다(梅田)에 금닭 새우 요리를 하는 주나곤(中納言)이라는 가게가 있어서 석 달에 한 번 병원으로 돌아가는 길에 조카딸하고 반드시 들르곤 했어. 정말 맛있거든.

예전에 어머니가 했던 오코노미야키 가게가 길모퉁이에 있었는데 사람의 왕래가 잦아서 장사가 꽤 잘됐어. 나도 오코노미야키는 금세 만들 수 있지만 시판 오코노미야키 가루는 쓰지 않았어. 어머니와 마찬가지로 밀가루에 탄산수하고 백반가루를 조금 넣어서 반죽을 만들었지. 그렇게 만들어야 맛이 좋아.

학교를 졸업한 뒤에 취직을 했는데 어머니가 몸이 안 좋아져서 형제 중 누군가가 돌봐드려야 했어. 그래서 내가 회사를 관두고 옆에 사는 언니와 함께 어머니를 돌봐드렸지. 딸에게는 체면 차릴 것이 없으니 어머니에게 그게 가장 좋았을 거야. 자리보전을 하지는 않으셨지만 화장실 가시는 것이나 목욕하시는 것을 도와드려야 했어. 아흔한 살까지 사셨으니 35년 정도를 줄곧 곁에 있었네. 억지로 그렇게 한 것이 아니라 자연스럽게 그렇게 되었다고 해야 할까?

어머니가 돌아가실 때는 한창 추운 겨울이었어. 자꾸 춥다며 떨고 계시기에 내가 껴안고 "이러면 어때? 이러면 괜찮아?" 하고 몸을 문질러 드렸어. 그러니까 "고맙다. 고마워"라고 하시더니 숨을 거두셨어. 행복하지 않으셨을까? 그 뒤로는 오빠와 언니가 "에미코가 원하는 대로 해라"라고 말해줘서 지금까지 내키는 대로 살았어. 다들 착해.

밥은 이웃에 살던 언니 가족과 같이 먹었어. 혼자라고 해도 쭉 대가족처럼 북적이며 산 셈이지. 가족들이 먹을 요리는 내가 만들었어. 힘든 적은 한 번도 없었어. 생선은 뭐든지 요리할 줄 알았고, 냉장고에 들어 있는 채소를 볶거나, 무를 삶거나, 우엉조림을 만들기도 했어. 집에 있는 재료로 뭐든지 만들었지. 요리하는 게 즐거웠어. 만들어 놓은 반찬을 산 적은 없어.

언니가 일찍 세상을 떠나서, 언니 딸이라지만 조카는 꼭 내 딸 같은 아이야. 지금은 결혼해서 시가(滋賀)에서 살고 있지만 병원에 자주 와 얼굴을 보여주더라고. 음, 그 아이에게도 이야기를 들었어? 내가 만든 소면의 국물이 맛있대? 나한테는 그런 소리 안 하더니. 흠.

건조시킨 잔새우를 물에 담가두면 좋은 육수가 되지. 소면 국물은 그거랑 표고버섯으로 육수를 내는 거야. 주변 사람도 함께 먹을 수 있도록 국물은 항상 많이 만들었어. 한번은 조카 집에 그 집 시어머니가 오시게 되었는데 밥은 무얼 하면 좋겠냐고 물어보더라고. 마침 여름이라 소면이 좋다고 했지. 국물을 만들어서 커다란 병에 넣은 다음 톳도 삶아서 함께 내라면서. 톳을 싫어하는 노인은 없잖아. 그 다음은 구운 연어의 살을 발라서 갓 지은 밥에 섞은 연어 밥을 권했지. 그 위에 구워서 잘게 자른 달걀지단하고 김 가루를 뿌리면 충분히 맛있게 보이거든.

조카딸의 집에 가면 그 집 아이가 나한테 다가와서 "엄마한테 우엉조림 가르쳐줘" 하고 말해. 내 우엉조림이 맛있어서 그렇다고. 호호. 조카딸의 손맛은 내 맛하고 똑같아. 요리도 잘해서 언두부 같은 것도 능숙하게 만들더라고. 성격도 똑 닮아서 시원시원한 아이야. 사람들이 종종 모녀 사이라고 착각하지.

여생이 석 달이라도 '먹을 수 있다'는 기쁨

병에 걸린 건 작년 12월에야 알았어. 자각 증상은 전혀 없었지. 우리 남매가 전부 병원에 모이기에 '아, 이제 틀

렸구나' 하고 깨달았어. 주변 사람들에게 더 이상 걱정을 끼치면 안 된다고 생각해서 "언제까지 살 수 있습니까?" 하고 내가 직접 의사 선생님에게 물었어. 빠르면 석 달, 길어도 넉 달이라고 하더군.

전에 있던 병원에서 있었던 일인데, 정월에는 연말부터 1월 2일까지 집에 돌아갈 수 있게 해줬어. 그래서 그 사이에 가지고 있던 물건을 장롱 하나로 정리했지. 이제까지 몇 명이나 배웅해봐서 방법은 알고 있었으니까. 남은 사람들을 당황하게 하면 안 되잖아. 정장과 기모노도 정리하고 장례식에 쓸 사진은 이거, 신발하고 염주는 이거를 사용해달라고 정리해뒀어. 그리고 나중 일은 전부 가족에게 이미 전달했지. 그래서 아무 걱정이 없어.

나는 먹는 것이 목숨이야. 먹고 싶은 걸 못 먹으면 사는 즐거움이 없잖아. 침대에 누워서 천장만 바라보다가 '이렇게 죽는 걸 기다리느니 그냥 죽는 편이 낫겠어'라는 생각이 들었어. 어떻게 되든 좋으니까 할 수 있는 데까지 해보자고 마음먹고 예전에 있던 병원 선생님에게 부탁해서

위를 넓히는 관을 넣었더니 다시 이렇게 먹을 수 있게 되었어.

이 병원에 들어와서 선생님에게 뭐든지 먹어도 된다는 말을 들었을 때 '남은 건 쓰러지는 일인가' 하고 생각했지. 하지만 후회는 없어. 할 수 있는 일은 했으니 받아들일 수 있어. 좋아하는 초밥을 이렇게 또 먹을 수 있다니 기쁘잖아. 집에 돌아갔을 때 두 살 아래 남동생이 요리까지 만들어줬어. 그 아이도 제법 맛을 낼 줄 알더라고. 얼마 전까지는 동급생 세 명하고 여기저기 먹으러 다니기도 했어. 지난달은 몸 상태가 좋지 않아서 가지 못했지만.

요리는 만드는 사람에 따라 미묘하게 맛이 달라져. 여기 국물 맛도 요리사가 바뀌는 날이 있는지 조금씩 바뀌어. 그렇게까지 맛에 노력을 기울인다는 거겠지. 음식을 담는 데에도 조금씩 공을 들이더라고. 나는 여기저기 많이 먹으러 다녔으니까 보면 알지. 입원하기 전에 여기 부원장인 이케나가 선생님이 "식사는 맛있지 않으면 영양이 되지 않아요. 그래서 우리 병원은 음식에 노력을 기울입니다"라고 말씀하셨어. 입원하고 처음 아침에 된장국을 먹었을 때 "아, 맛이 좋구나"라고 고개가 끄덕여졌지.

조카딸이 "이모, 얼굴에 검은 빛이 없어졌네"라고 하더라. 오늘 아침은 그 아이가 예쁘게 화장도 해줬어. 맛있는 음식도 먹을 수 있고 가족들도 나한테 다정하게 대해줘. 여기는 간호사들도 모두 항상 농담을 해주니까 즐거워. 뭐든지 잘 돌봐주니까 참 좋아.

내 성격이 시원시원하다고? 그건 말이지, 젠체하거나 허세를 부리지 않고, 좋은 건 좋은 대로 싫은 건 싫은 대로 자연스럽게 살아서 그런 거야. 나는 그렇게 생각해.

마음을 돌보는 병원식

관리영양사 오타니 사치코(大谷幸子)

"호스피스 환자는 오늘은 먹을 수 있어도 내일은 먹을 수 없을지도 모릅니다. 나는 경험을 통해 그 사실을 알고 있어요."

관리영양사인 오타니 사치코 씨는 요도가와 기독교 병원 호스피스·어린이 호스피스 병원에서 요청식을 비롯해 식사를 통한 관리의 전반을 실행하는 사람이다. 말기 환자의 식사 관리에 깊은 관심을 가진 오타니 씨가 개인적으로 힘든 경험을 이야기해주었다.

병원의 관리영양사로 취직해 임상 현장에서 환자를 케어해온 오타니 씨는 국립대학 병원에서는 일본 처음으로 NST(Nutrition Support Team, 입원 환자에게 최적의 영양 요법을 제공하기 위해 의사, 간호사, 관리영양사, 약제사 등으로 구성된 의료팀)를 고향인 가나자와(金沢)대학 부속병원에서 만든 경력이 있다. 그야말로 병동 관리영양사의 개척자와 같은 존재로, 병원식의 전문가다.

오랫동안 고향 가나자와의 병원에서 고군분투하고 대학 교단에 서서 후배 육성에 힘을 쏟기도 했지만, 강력한 제안을 받아 도쿄대학 의학부 부속병원에 단신 부임하게 되었다. 그 부임 기간에 가나자와에서 생활하던 남편에게 간암이 발견되었다. 그러나 암은 이미 말기로 진행되어 손쓸 틈도 없이 입원한 지 한 달만에 세상을 떠났다고 한다.

휴일의 즐거움은 부부가 함께 맛있는 집을 찾아다니기였다. 먹는 것을 무엇보다 좋아했던 남편이었지만, 복수가 차서 좋아하던 과일조차 주스로 몇 방울밖에 입에 대지 못하는 상태였다. 도쿄에서 가나자와로 돌아와서 곁에서 병간호하던 오타니 씨는 그때 남편을 제대로 먹이지 못했던 일에 대해 말로 할 수 없는 아픔을 느꼈다. 그렇기에 호스피스의 환자가 먹을 수 있는 상태일 때 가능한 한 희망을 이루어주고 싶다는, 강한 바람이 있다. 요청식 프로그램은 그 하나의 형태일지도 모른다.

요청식은 이 호스피스의 전신인 원내 병동형 호스피스 시절, 이벤트로 제안되어 매월 시행되었다고 한다. 그러나 평균 재원 기간이 약 3주간인 호스피스에서 한 달에 한 번만 실시해서는 기회가 돌아가지 않는 환자도 있었다. 그것을 우려한 오타니 씨는 이 호스피스가 독립형 호스피스로 개원한 것을 계기로, 매주 가족이 모이기 쉬운 토요일마다 시행하는 지금의 형태를 만들었다.

요청식은 환자가 먹고 싶은 요리를 제공하는 일이지만, 말기 암 환자 중에는 유동식밖에 먹지 못하는 사람도 있다. 그런 사람은 어떻게 하는지 물어보았다. 그러자 오타니 씨가 어느 환자의 에피소드를 이야기해주었다.

"얇게 두드린 소고기를 커틀릿으로 만들고, 소스는 돈가스용과 우스터소스 두 종류를 만들어 달라는 요청을 받은 적이 있어요. 하지만 그분은 강한 소고기 알레르기가 있었어요. 마음 같아서는 어떤 희망도 받고 싶었지만 안전하지 않은 음식은 낼 수는 없어요. 제가 무슨 일이 있는 건지 걱정하니까 그 환자분이 묻지 않았는데도 말씀하시기 시작했어요. 소고기 알레르기는 초등학교 때 생겼고, 그 전까지는 소고기를 좋아해서 잘 드셨다고 해요. 어머니가 일하러 나간 날에는 아이들을 위해 도시락을 만들어 줬는데 그 반찬에 비프커틀릿이 자주 들어 있었다는 이야기도 하셨고요. 이야기하면서도 절실히 그리워하시더군요. 먹으면 안 되는 것은 본인도 알고 있는데, 단지 보고 싶을 뿐이라고 하셨어요. 환자는 식사를 입만이 아니라 마음으로도 해요. 그 마음에 다가서는 일이 중요하지요."

애석하지만 입원한 환자 전원이 먹을 수 있는 상태인 것은 아니다. 단지 먹고 싶다는 의사가 있는 사람의 생각을 최대한 존중해준다. "거기에는 얼마든지 방법이 있어요"라고, 오타니 씨는 방긋 웃었다.

오타니 씨가 음식을 통한 케어에서 가장 소중히 여기는 것은 환자와의 커뮤니케이션이라고 한다. 요청식 프로그램은 환자가 영양사를 거쳐 조리사에게 희망 메뉴를 전달하고, 그것을 받은 조리사가 환자의 생각을 존중해서 요리를 제공한다. 병원에서 환자로 가는 일방통행이 아니라 양쪽으로 커뮤니케이션이 이루어진다. 그로 인해 만드는 사람의 따뜻한 배려가 느껴지는, 환자 본인만의 특별한 식사가 가능해진다.

또한 이곳에서는 평상시 식사 메뉴도 여섯 가지 중에서 고르는 선택 방식을 취하고 있다. 요청식 이외에도 1주일에 두 번 환자의 이야기를 듣는 청취 시간이 있으므로 영양사는 적어도 1주일에 세 번은 환자의 침대 곁을 방문할 기회가 있다. 자주 얼굴을 마주하며 식사와 관련된 대화로 꽃을 피우는 일은 '간호사와 환자 사이'와는 또 다른 커뮤니케이션을 만들어준다.

현재 일본의 의료법대로라면, 영양사와 관리영양사 한

명당 병원 침상 100개 이상이 배치되도록 규정되어 있다. 하지만 그 정도로는 도저히 환자를 개별적으로 세세하게 케어할 수 없다. 오랜 세월 현장을 지켜본 오타니 씨는 환자 수 대비 영양사의 비율이 좀 더 높은, 한 병동당 영양사 한 명의 필요성을 호소하고 있다.

"이 호스피스는 혜택을 많이 받아서 그것이 실현되었어요. 환자에게 식사는 단순한 영양 보충도, 맛의 표현도 아니에요. 의사나 간호사와는 다른 형태로, 우리 역시 마음을 케어하는 일부분을 맡고 있어요. 마음이 건강해지지 않으면 몸은 따라오지 못해요. 그리고 마음을 건강하게 하는 데에 음식이 매우 중요하지요."

이렇게 식사에 지니는 고집은 앞서 말한 평상시 선택 메뉴의 풍부함에도 나타난다. 한 여성 환자가 자랑스럽게 보여준 여섯 종류의 선택식 식단표에는 소고기덮밥에 햄버거, 스파게티에 오므라이스, 튀김을 곁들인 메밀국수에 해물 볶음국수, 샌드위치에 팬케이크 등 우리가 평소 식탁이나 외식에서 먹는 메뉴가 즐비했다. 최근에는 메뉴

선택제를 도입하는 병원도 적지 않지만, 이렇게까지 다양하고 풍부한 메뉴 구성으로 선택의 폭을 넓힌 곳은 아직 찾아보기 어려울 것이다.

"환자분이 만약 길거리의 식당에 들어간다면 어떤 음식을 먹고 싶을지 상상해서 만든 메뉴예요. 잘 고르면 1주일 동안 매번 다른 메뉴를 즐길 수 있어요. 선택 메뉴가 많은 것은, 먹는 일이 괴로워진 환자분이라도 만약 자신의 의사로 메뉴를 고른다면 조금이라도 먹어보려는 마음이 들 수도 있기 때문이지요. 고르는 게 부담스러운 분은 저희가 알아서 메뉴를 골라드리고 있어요."

하지만 이렇게까지 식단의 폭이 넓은데 요청식까지 제공할 필요가 있을까? 나도 모르게 그런 궁금증을 물어보자 오타니 씨는 고개를 가로저었다.

"선택한 식사만으로도 즐거움은 충분할 수 있어요. 하지만 결국 이쪽이 제공하는 메뉴를 고르게 되는 셈이지요. 그게 아니라 환자분 스스로 떠올려서 그때 먹고 싶은 요리를 내고 싶어요. 식사의 기억에는 즐거운 추억이 포함되어 있잖아요. 자신이 요청한 요리를 먹으면 환자 개개인이 지닌 즐거운 추억을 끄집어내는 계기가 되지 않을까요?"

마지막으로 오타니 씨가 몇십 명에게 식사 청취를 하면서 실감한 것이 있다.

"식사의 기억은 환자에게 영상으로 떠오르는 듯한 느낌이 들어요. 죽음을 의식했을 때 사람은 인생이 주마등처럼 떠오른다고 하는데, 맛있는 밥은 분명히 행복한 기억을 불러 일으켜줄 거예요. 한순간이라도 그 행복한 풍경에 젖어보는 시간이 환자들에게 찾아오면 좋겠다고, 항상 생각해요."

요청

지금이 제철, 꽁치 소금구이

"신기하게도 생선장수의 딸로 태어나 숯불고기 가게를 하게 되었네요."

마쓰무라 미요코(松村ミヨ子, 80세), 대장암

침대 옆에 올라가 앉을 수 있는 작은 다다미방이 설치된 마쓰무라 씨의 병실에 들어가면 항상 꽃향기 같은 좋은 향이 감돌았다. 다섯 명의 자녀 중 자매 세 분이 병간호를 하고 있었는데, 따님답게 방 안에서 세심한 배려가 느껴졌다. 그렇게 편안한 분위기에서 이런저런 이야기를 들었다. 장사를 했던 마쓰무라 씨는 명쾌한 말투와 시원시원한 분위기가 인상적이었다. "이렇게 고마울 수가 없어요"라고 따님을 비롯한 주변 사람에게 몇 번이나 감사의 말을 하는 모습에서도 인간관계를 소중히 해온 성실한 인품이 전해졌다.

요청한 음식은 제철을 맞이한 꽁치. 기름이 적당히 오른 구운 꽁치를 깨끗하게 다 드셨다고 한다. 음식점을 운영했던 마쓰무라 씨가 여기 입원한 뒤 먹어 보고 신선함에 놀랐다는 생채 샐러드도 함께.

고마워요,
행복해요

초등학교 6학년 즈음에 전쟁이 끝났던가? 어린 시절에는 일단 먹을 게 없었어요. 집은 스이타(吹田)의 외진 곳에 있어서 주변에는 논밭뿐이었고. 학교에서 돌아오면 메뚜기를 잡아서 그걸 밥반찬으로 했어요. 아버지는 내가 여섯 살 때 돌아가셨어요. 나중에 재혼했다고는 하지만 그 시절에 아이를 예닐곱 명이나 거느렸던 엄마는 젊어서 고생할 수밖에 없었지요. 나는 넷째예요. 그 시절에는 다들 그랬지만 공습경보가 울리면 집안일이고 뭐고 내팽개치고 도망가야 했어요. 공부할 처지가 아니었지요.

학교를 졸업하고 오사카의 도지마(堂島)에 있는 치과의원에 근무하면서 국문 타이프라이터 양성소에 다녔어요. 전쟁이 끝난 지 한 4년 정도 되었을 때인가? 치과 선생님과 역에 돌아가는 길 내내 눈에 들어오는 것은 우메다 일대의 타버린 벌판이었어요. 큰길에는 커다란 빌딩이 남아 있어도 한쪽 뒤로 들어가면 공습으로 거의 타버린 자리가 나오더군요. 불탄 자리 위로 함석지붕을 덮은 임시 건물이 너저분하게 늘어서 있었어요. 사람들에게 가장 힘든 시기를 본 셈이지요. 그래도 사회가 조금씩 다시 살아나더라고요. 우메다는 도시라서 즐거웠어요. 타이프라이터 일도 계속하고 싶었지만 집안 사정으로 친척이 하는 웨스(기계류의 정비에 사용되는 직물) 제조 공장에 일을 도우러 갔어요. 그것이 남편과 인연을 맺게 해줬네요. 타이프를 계속했다면 다른 인생을 살았을까요? 호호.

남편은 그 공장에서 일하고 있었어요. 남편 성격은 온화하고 친절했어요. 사람들에게 미움받는 일이 거의 없는 사람이었지요. 남편으로서도 만점이었어요. 만난 지 열 달 정도 지났을 무렵인 열아홉 살 때부터 함께하게 되어서 이듬해에 장남이 태어났네요.

남편은 한국에서 태어난 사람이라 처음에는 부모님이 반대하셨어요. 가정을 갖게 되어서 시간이 흐르자 모두

정이 든 건지, 어쨌든 마음씨가 고운 사람이라는 걸 알아 주었지요. 나중에 의외로 좋은 사람이라고 모두 칭찬해줬어요. 남편은 21년 전에 간암으로 먼저 떠났어요. 다섯 아이는 큰 말썽도 병치레도 없이 잘 자라줘서 지금은 손주가 열두 명이고 증손주가 열 명 있네요. 이렇게 모두가 잘 해줘서 정말 고마워요. 아주 행복해요.

좋아하는 음식도
비슷했던 남편

결혼하고 얼마 후 남편이 웨스 장사로 독립했어요. 아이들을 키우면서 나도 장사를 도왔으니 그때는 엄청 바빴지요. 내가 마흔다섯 되던 해에는 숯불고기 가게를 시작했어요. 둘 다 요식업은 처음이었지만 남편 집안에서 매입부터 장사 방법 등을 친절하게 가르쳐줬어요. 시행착오를 거치면서 재료에도 맛에도 최선을 다했더니 가게를 하는 동안 주변에서 손님들이 많이 찾아와주셨어요. 역에서 가까웠던 것도 한몫했고. 인연이 넓어져서 덕분에 바쁜 나날을 보냈지요.

우리는 줄곧 장사를 해왔기 때문에 집안일은 아이들이 도와줬어요. 웨스 일을 할 때는 집이 곧 직장이었지요. 재봉틀을 돌리면 옆에서 아이들이 "오늘은 뭘 해요?"라고 묻고는, 시장에 가서 재료를 사가지고 반찬을 만들어주더군요. 숯불고기 가게는 처음에 두 곳에서 하고 있었는데 두 곳 다 집과 다른 장소여서 평소에는 아무리 해도 아이들과 함께 저녁밥을 먹을 수가 없었어요. 그래서 가게가 쉬는 날에는 숯불고기나 스키야키를 모두 모여서 둘러앉아 먹는 일이 많았지요.

남편은 손재주가 있었어요. 대나무를 짜서 세공품을 만들거나 정월에는 연을 만들어서 아이들과 제방에 띄우러 가기도 했지요. 요리도 잘해서 꼬리곰탕 같은 걸 만들면 다들 맛있다고 했어요. 아이들도 전부 아버지를 좋아했지요. 남편하고 나는 사이가 좋았던 건지 쭉 함께였어요. 파친코에 함께 가기도 하고. 싸운 적도 없어요. 둘 다 가리는 것 없이 좋아하는 음식도 비슷했네요.

숯불고기 가게를 하지만 둘 다 생선도 좋아해서 아이들은 고기를 먹을 때 우리는 생선을 먹기도 했어요. 나 혼자가 된 뒤에도 후다닥 생선을 구워 먹었지요. 요즘은 꽁치가 제철이에요. 그래서 지난주 요청식으로 꽁치 소금구이를 부탁해서 맛있게 먹었네요. 기름이 딱 적당하게 올라서 전부 깨끗이 먹었어요.

여섯 살에 돌아가신 아버지는 생선장수였어요. 소방서에 근무하면서 겸업으로. 아직 어렸으니까 잘 기억나지는 않지만 그 무렵부터 생선을 자주 먹었을 거예요. 우리 딸이 아직 어렸을 때 우리 집에 생선장수가 생선을 팔러 온 일이 기억나요. 그 생선을 남편이 몽땅 사서 손질한 뒤에 요리해줬어요. 생각해보면 나는 생선장수의 딸로 태어나서 숯불고기 가게를 했네요. 호호.

전에 있던 병원에서는 죽 한 그릇을 반의반도 먹지 못

할 정도였어요. 더구나 어느 날 식사를 옮기는 수레에 벌레가 붙어 있는 걸 보고 말았어요. 봤으면 이미 끝난 거죠. 음식을 먹을 마음이 사라지더군요. 여기에는 접시를 하나씩 랩으로 싸서 청결하고, 그릇도 음식 맛을 살려줘요. 먹는장사를 했으니까 그런 것도 역시 신경 쓰이지요. 먹을 수 있으면 기분이 차분해지고 자연히 몸도 좋아지는 기분이 들어요. 병문안을 온 사람이 안색이 좋다고 말해줬어요.

내일 요청식 주문을 딸에게 맡겼더니 스테이크를 부탁했다고 해요. 몇 개월 만에 먹는 고기인지. 생채소를 먹어보니 엄청 맛있더라고요. 장사를 해봐서 잘 아는데, 여기는 좋은 재료를 사용해요. 고기도 분명히 맛있을 거예요.

어렸을 때부터 줄곧 쉬지 않고 일했으니까 이렇게 느긋하게 지내는 날이 올 거라고 꿈에도 생각하지 못했어요. 좀 전에도 딸들이 얼굴 마사지를 해줘서 기분이 좋았어요. 극락이 따로 없네요. 이렇게 잘해줘서… 정말 고마워요.

그루터기를 손으로 떠받치면 새로운 싹이 나온다는 의미의 스테인드글라스.

요청

고향 바다를 떠올리게 하는 초밥

"아내는 항상 내가 좋아하는 음식을
만들어줬어. 싱싱한 생선을 먹으면
고향의 바다가 떠오른다네."

미야노 히로후미(宮野弘文, 가명, 71세), 직장암

약 기운으로 졸음이 쏟아지는 시간대를 피해서 취재를 하기도 했지만, 미야노 씨는 내가 질문하면 항상 명쾌하게 대답해주었다. 솔직하고 개방적인 성품은 아내와 따님이 "친구가 엄청 많아요"라고 입을 모아 말한 데에서도 알 수 있었다. 가족이 함께한 자리였지만, 취재에 불편해할까 봐 아내분이 자리를 비울 때 아내에게 여러 번 감사의 마음을 전하는 모습도 인상적이었다. "사춘기 시절 엄마와 다투면 아빠는 내 편을 들어주었어요"라고 말하는 따님에게 "내가 그랬나?"라며 모르는 체하는 모습도, 어쩐지 미야노 씨다웠다.

좋아하는 갯가재, 오징어, 참치, 성게만으로 만든 초밥 네 개. 아담한 사발에 토란을 담았고, 옻칠한 공기에는 바지락 된장국을 담았다. 식기에도 식사를 즐겼으면 하는 마음이 담겨 있다.

고향 어촌을 떠나 도시로 나가다

지난주는 초밥을 부탁했어. 나는 생선을 좋아하거든. 출신은 에히메 현(愛媛県)의 가와노에(川之江)라네. 바로 앞에는 세토(瀨戸) 내해의 잔잔한 바다가 펼쳐져 있는 어촌이라고 할 수 있지. 역시 어린 시절부터 생선을 좋아했어. 태어난 해는 1943년이야. 전후 고달픈 시기였으니 먹을 것도 구하기 어려웠고 부모님도 고생을 많이 하셨을 거야. 붉돔이나 도미 같은 고급 어종도 그 주변에서는 자주 잡혔고, 여름에는 붕장어가 맛있었어. 할머니가 배달 요릿집을 했던 까닭에 싱싱한 생선을 먹었던 기억이 나. 정어리와 전갱이도 맛있었고, 꽁치를 구워서 먹기도 했어. 장어도 맛있게 먹었지.

중학교를 졸업하고 집단으로 취직해서 오사카로 나갔어. 불우한 시기였으니 어쩔 수 없었다네. 니시 구(西区)에 있는 종이 도매상에서 근무하다가 그대로 정년까지 다녔지. 회사에서는 잘해줬지만 맨 처음에는 도망쳐서 집에 가고 싶었던 적이 한두 번이 아니었어. 아직 열여섯 남짓한 나이였으니 배가 고픈 것도 힘들었고. 밤에는 이불 속에서 자주 울었어. 하지만 같은 고향 사람이 많아서 금방 친해졌고, 오히려 오사카 출신인 사람들과 경쟁심을 불태우며 힘을 내기도 했어. 동료들이 참 의지가 되더군.

집사람과는 같은 직장에서 만나 결혼했다네. 그 사람이 한참 나중에 사무원으로 입사해서 만나게 되었지. 결혼한 날은 1969년 4월 6일이었어. 일하기 시작한 지 10년 정도 되어 작업이 손에 익은 스물여섯 살 때였지.

나는 4월 29일에 태어났는데, 이날이 무슨 날인지 아는가? 지금은 쇼와의 날(일본의 124번째 왕인 쇼와 천황이 사망한 뒤, 그의 생일이 '쇼와의 날'로 바뀌었다 – 옮긴이)이 되었지만 예전에는 천황 탄생일이었어. 집사람은 3월생으로 황후의 생일과 같았다네. 그저 우연이었지만 인연이 있었나 싶어. 이런 말은 평소 안 하지만 말이야, 집사람과 사이가 어땠냐면 좋은 편이었지.

아이가 들어서지 않아서 이제 힘들겠다고 하는 수 없이 포기했더니 생기더군. 첫째는 여자아이고 둘째는 남자아이로 둘 다 큰 병치레 없이 건강하게 자라주었다네. 참 다행이지. 특히 첫째는 어렵게 얻은 아이라서 아주 소중하게 키웠어.

도시락 가게에서
일한 아내

나도 아이들도 좋다 싫다 가리지 않고 별말 없이 집사람이 만들어준 음식을 잘 먹었어. 다만 집사람은 식성이 까다로워. 나는 닭 날개에 소금을 쳐서 구운 요리에 맥주를 곁들이는 것을 좋아하지만 집사람은 닭고기도 싫어했어. 자기만 다른 반찬을 만들어 먹었다네. 집사람은 아이들을 키우면서 도시락 가게에서 아르바이트를 했는데 그곳에서 배운 요리도 있었을 거야. 집밥이 맛있어서 참 다행이었어.

휴일에는 무얼 했느냐고? 마작을 했었지. 회사 동료 말고, 채소 가게 주인처럼 직업도 나이도 제각각이지만 마음이 맞는 멤버들끼리 모였어.

40대 무렵이던가, 다 함께 마작 여행이라도 가자는 이야기를 했어. 한 달에 3,000엔씩 회비를 걷으니 1년 정도 되자 제법 모이더군. 저렴한 숙소지만 기노사키(城崎) 온천에서 마작을 하고 탕에도 들어가니 아주 재미나더라고. 그때부터 매년 연례행사가 되었지. 여행을 함께하면 그 사람의 진의를 알 수 있다고 하잖아. 그래서 신용이 생긴다고 해야 하나? 그 사람이 틀림없는 사람이라고 생각되면 사이가 더 좋아진다네. 그래서 친구가 많았던 걸까. 취미로 골프도 자주 쳤어. 또 다른 친구들과. 젊은 시절에는 빚도 지고 그랬어(작은 목소리로).

그렇게 아이들이나 집안일은 집사람에게 맡겨두고 친구

들하고만 놀았어. 별로 좋은 아버지가 아니었지. 하지만 좋은 파트너가 있어서 다행이었다네. 우리 마누라한테 파트너라고 하니까 좀 그렇군. 하지만 정말로 고마워. 응? 우리 집사람이 예쁘다고? 평범보다 조금 나은 정도겠지. 허허.

신선한 생선이
역시 최고

오늘은 토요일이라 쉬는 날이니까 모두 병원에 와줘서 병실이 떠들썩했어. 아들은 손자를 데리고 와서 여기에서 함께 밥을 먹은 다음 수족관에 놀러 갔다네. 이 아이는 딸이 낳은 손자야. 나이를 물으니까 씩씩하게 "네! 다섯 살이에요!"라고 말하는 모습 좀 봐. 아이고, 귀여워라.

아들은 아내를 닮아서 코가 오뚝해. 딸도 눈이 아내를 닮았어. 다들 사이좋게 지내고 있지. 병에 걸리기 전까지 정월에는 아들과 딸 가족 모두 우리 집에 모여앉아 밥을 먹곤 했다네.

그러고 보니 연말이 되면 일부러 고베(神戶)의 다루미(垂水) 시장까지 생선을 사러 가는 지인이 생각나는군. 거기는 세토 내해에서 잡아온 신선한 생선을 파니까. 그 사람이 참돔에 문어에 해삼까지 사다 줬어. 문어는 소금으로 문지른 다음 부드럽게 데쳐서 먹었는데, 그쪽에서 파는 문어는 향도 좋고 살도 달아서 최고라네. 나는 싱싱한 생선을 먹으면서 자랐으니까, 좋은 건 잘 알아보지.

지난주 부탁한 초밥은 참치 뱃살, 성게, 갯가재, 오징어였지. 신선하고 좋은 재료를 사용했더군. 정말 맛있었어. 다음 주에는 아무거나 주는 대로 먹으려고 생각 중이네. 식욕이 없는 건 아니지만 날에 따라 체력이 바뀌어서 피곤하기도 하고 졸리기도 하니까 그럴 때는 뭐가 먹고 싶은지 잘 모르겠어. 맡겨두면 그때까지 뭐가 올지 상상하는 즐거움도 있지 않겠어? 그런 것도 재미라고 할 수 있지.

요청

정성 가득 포타주 수프

"평생 절약만 하다
지금은 세끼를 먹고 낮잠을 자는
호사를 누립니다."

가타오카 사치코(片岡幸子, 73세), 간암·암복막염

가타오카 씨는 풍부한 어휘와 위트 가득 경쾌한 어조로 집안 내력부터 보존식을 만드는 방법까지 이야기해 주었다. 그 이야기에 이끌려 매번 나도 모르게 오랜 시간 침대 옆에 앉아있게 된다. 병원을 옮긴 것을 계기로 먹는 즐거움을 되찾은 뒤 기력이 좋아져 지금 하고 싶은 일을 소중히 여기며 지낸다는 그녀. 두 아드님의 가족이 병실에 오면 기운이 더욱 넘쳐서 한층 활기차 보였다. 취재 준비에까지 신경을 써서 요리에 대한 편지를 받은 적도 있다. "나는 이제 읽지 못하겠지만, 기념이 된다는 것이 무엇보다 기뻐요"라며, 책의 출판을 매우 기대해 주었다.

레드와인 소스를 곁들인 등심 스테이크 풀코스를 보자마자, 가타오카 씨는 “레스토랑 같아!” 하고 활짝 웃었다. 진한 맛의 소스를 먹고는 역시 프로는 다르다며, 만족스럽게 재차 고개를 끄덕였다.

타지에서
빈털터리로 시작하다

나는 가난하게 자랐기 때문에 질 나쁜 식사를 할 수밖에 없었어요. 아버지 쪽 증조부는 이시카와(石川) 번(藩, 일본 에도 시대에 봉건 영주가 지배했던 영토-옮긴이)의 하급 무사였어요. 그런데 메이지 시대(1868~1912)가 되자 무사 가문은 국가의 정책으로 완전 실업 상태가 되었죠. 조부는 신사복 기술자가 되어서 오사카의 후쿠시마(福島) 마을에 재봉소를 열었어요. 1912년 태어난 아버지는 만주로 건너가 전력회사에서 근무했고 그곳에서 종전을 맞았죠. 그래서 증조부에 이어서 우리는 또 국가 사정으로 빈털터리가 되어 하나부터 다시 시작해야 했어요.

아버지는 솔직하고 개방적인 사람이었어요. 그래서인지 막 생겨난 공인회계사 자격증을 독학으로 취득해서 80세까지 사무소를 운영하셨지요. 본디 새로운 세계를 원해서 만주로 건너갈 정도였고, 대륙의 바람을 받아서 더욱 독자적이고 자유로운 기질이 되신 것 같아요.

나는 만주에서 태어나 네 살 때 귀국했어요. 밑으로 여동생이 두 명 있고, 남동생은 전후에 태어났어요. 만주에서는 훌륭한 사택에서 살았던 기억이 있지만 오사카로 돌아온 뒤로는 좁은 연립주택에서 콩나물시루처럼 살았죠.

아버지의 뜻대로 남자를 대상으로 하는 거친 교풍의 도요나카(豊中)고등학교에 진학했는데, 그곳은 명문 국립대학 합격률이 높은 학교였어요. 우리는 유복하지도 않았고, 게다가 나는 공부도 못해서 다른 학생들보다 뒤처졌죠. 그런데 아버지가 "이제부터는 여자도 대학에 가는 시대다"라고 하시더라고요. 대학에 가고 싶은 마음도 있었던 터라 결국 두 번이나 재수했어요. 간신히 오사카시립대학 사회학과에 들어갔지요. 사회복지에 흥미가 있었으니까요. 하지만 이번에는 아버지가 "네 돈으로 공부해라" 하시고는 지원을 끊어버렸어요. 입학금은 어머니에게 빌리고 학비는 아르바이트로 겨우 충당했지만, 교과서 사기도 힘들더라고요. 어제 문병을 와줬던 대학 동기들 중에는 일찍부터 목표를 품고 교사가 된 사람도 꽤 있어요. 나만 멍하니 한가하게 지냈죠. 그래서 고생하며 살았나 봐요.

열등생이었는데도 교수님이 취직자리를 소개해줘서 오사카 지하상가 주식회사에 취직하게 되었어요. 우메다에 지하상가가 생긴 이듬해인 1964년이었지요. 회사는 우메다의 후코쿠(富国)생명 빌딩에 있는, 신식 환경이라 기뻤어요. 맛있는 음식이요? 먹으러 갈 여유가 없었네요. 내 월급으로 정장 정도는 샀지만, 차를 대접하는 수준의 업무뿐이라서 점차 지루해졌어요. 3년을 일하고 나니 은사님에게 의리도 지킨 것 같았고, 나중 일을 생각해서 사회복지의 길을 목표로 했어요.

운 좋게 교토 노인홈(일본의 노인복지시설)의 관리사로 취직했는데, 부모님이 결혼하라고 독촉하시면서 맞선을 계속 보라고 하셨어요. 실컷 맞선을 보고 난 뒤, 여기서 안 된다면 이제 결혼하지 않겠다고 선언하고 마지막 맞선 상대를 만났지요. 그는 어머니를 일찍 여의고 누나와 여동생 사이에서 자란 사람이었어요. 누이동생을 시집보낼 때까지 기다리다가 혼기를 놓쳐 서른여섯이 되었다더군요. 나보다 일곱 살 연상이라서 포용력이 있어 보였지요. 가난하게 자라서 검소한 생활을 할 것 같고, 요리도 할 수 있다고 하기에 괜찮아 보이더라고요. 나는 체력이 약해서 요리하는 걸 싫어했거든요. 그 사람이 남편이에요. 10월에 선을 보고 이듬해에 결혼했어요. 그때부터 43년 동안 고생했죠. 네, 내 인생은 이게 전부예요. 어머, 식사 이야기가 아닌데 괜찮아요?

천연 재료 된장,
엄마의 매실 장아찌

우리 엄마는 딸에게 요리를 가르치는 세심한 사람이 아니었어요. 하지만 나도 주부가 되었으니 식사를 만들어

야 했지요. 내 요리 선생은 텔레비전과 책이었어요. 《오늘의 요리(きょうの料理)》를 쓴 도이 마사루(土井勝)의 레시피가 좋아서 따라 했지요.

아들 셋을 키웠는데, 장남은 서른둘에 해난 사고로 세상을 떠났어요. 남자아이는 잘 먹어서 한창 클 때는 식비를 무시할 수가 없었지요. 절약하는 데는 뭐니 뭐니 해도 직접 만드는 게 제일이에요.

또래 아이 엄마 중에 오랫동안 만나면서 지금도 친하게 지내는 사람이 몇 명 있어요. 그 엄마들 중에 의식주나 육아에 있어 합리적인 생활 방식을 추구하는 주부 모임의 회원이 있었어요. 하니 모토코(羽仁もと子, 일본 최초의 여성 저널리스트) 씨가 만든 모임이었지요. 나는 입회하지 않았지만 사고방식에 공감했어요. 된장을 만드는 법도 그 사람이 처음 가르쳐줬어요. 손은 많이 가지만 이틀이면 1년치를 만들 수 있어서 절약할 수 있더라고요. 그런 생각으로 시작했는데 천연 재료만 사용하고도 굉장히 맛이 좋았어요. 20년 정도 전부터 매년 만들게 되어서 몇 년도에 만

든 건지 써 붙인 항아리를 지금도 몇 개 가지고 있답니다.

매실 장아찌는 남편이 "장모님이 담근 것이 맛있다"고 하기에, 예전 그대로의 방식으로 차조기와 소금만을 이용해 처음 만들어보기 시작했어요. 그때부터 《주부의 벗(主婦の友, 요리, 육아, 인테리어 등의 잡지 및 서적을 주로 출판하는 출판사)》 책을 참고해 염교 절임도 담그게 되었지요. 염교 절임은요, 재료에 고집을 부리면 맛있게 만들 수 있어요. 나는 기억력이 나빠서 설음식도 매년 책을 참고로 하지 않으면 만들지 못하고 기본적으로 요리하고 싶은 의욕이 없어요. 다만 자연식과 천연 재료에 관심이 있을 뿐이에요. 요리에 엄청난 노력을 쏟는 게 아니에요.

휴일이 되면 남편이 요리를 만들어 줄 때가 있었는데, 남자가 만들어서인지 기름도 설탕도 듬뿍 넣어 맛이 아주 진했어요. 아들들은 그걸 먹으면 맛있다고 연발했죠. 내 쪽은 자연식의 담백한 맛이니까요. 엄마의 맛이요? 아들에게 물어보면 되겠지만 그런 게 있는지 모르겠네요.

남편에게도 만들어주고 싶었어요

작년에 남편을 전립선암으로 보냈을 때 마지막까지 고통스럽지 않게 떠났기 때문에 나도 그런 마지막을 이상적으로 생각했어요. 이 병원은 아들이 인터넷에서 검색해서 알게 되었는데, 이런 리조트 호텔 같은 방에서 좋아하는 음악을 들으면서 마음대로 세 끼를 먹고 낮잠을 자고 있어요. 분주한 생활에 쫓겨 살아온 전업주부에겐 최고의 꿈 아닌가요. 그걸 지금 실행하고 있어요. 나는 정말 운이 좋네요.

여기는 나 같은 평범한 주부가 보더라도 환자의 입에 맞춰서 정성스럽게 음식을 만든다는 걸 한눈에 알 수 있어요. 그래서 복수가 차서 아무것도 먹지 못하는 데도 금방 식욕이 돌아와서 기적적으로 회복했어요. 감격해서 조리사분에게 편지를 썼다니까요. 식기를 반납할 때 메모를 붙였지요. 주방까지 고맙다는 말을 하러 간 적도 있어요.

오늘은 미용사분을 불러서 머리를 깨끗하게 자르고, 그 다음은 피아노를 배우는 손주의 콘서트, 그리고 둘째 아들의 생일 파티를 할 거예요. 병원 분들도 모두 도움을 주시고, 며느리도 배려해줬어요. 셋째 아들 부부도 오니까 내 요청식과 가족 식사까지 6인분을 준비해주시기로 했어요. 전에 있던 병원에서는 잠만 잤는데 그런 준비까지 할 정도로 기운이 나네요. 놀랍죠?

오늘 밤에는 붉은 살로 만든 부드러운 스테이크 풀코스를 부탁했어요. 가장 기대하는 건 포타주 수프예요. 남편이 병으로 입이 짧아졌을 때 텔레비전에서 다쓰미 요시코(辰巳芳子, 일본의 요리연구가－옮긴이) 씨가 병에 걸린 아버지를 위해 '생명의 수프'라며 만드는 모습을 봤어요. 남편에게 먹이고 싶어서 재료까지 샀지만, 병간호하던 내 체력으로는 한계가 있어서 결국 만들어주지 못했어요. 그 일이 후회로 남아요. 수프는 제대로 만드는 게 어렵잖아요. 포타주도 만들기 힘든 음식이에요. 여기는 조리사분의 솜씨가 있으니 분명히 맛있는 포타주 수프를 만들어주실 거라고 기대하고 있어요.

차남 마코토 씨와 가족, 셋째 아드님 준 씨 부부가 병문안을 왔다. 준 씨가 "어머니가 인터뷰 받는 장면을 기념해서 사진을 찍고 싶다"며 카메라를 꺼냈다.

아, 나를 찍고 싶다고? 그럼 나는 환자답게 누워 있을게. 이렇게 하지 않으면 환자를 취재하러 온 거 같지 않잖아, 호호.

병실이 웃음으로 채워진다. 두 아드님에게 어머니의 맛은 무엇이냐고 묻자 준 씨가 이것저것 떠오르는 듯이 망설인 뒤 "직접 만든 매실장아찌요. 차조기가 들어가서 맛있어요"라고 했다. 옆에 있던 마코토 씨도 그 말에 고개를 끄덕였다.

아 그래? 있잖아요, 나는 역시 운이 좋아요. 평범한 주부가 인생의 마지막에 인터뷰 같은 경험도 해보고 우리 아이들에게 엄마의 맛이 하나라도 있다는 걸 이제야 들을 수 있었잖아요. 그런 건 생각지도 못했어요. 호스피스에 들어온 것은 맞벌이하는 아이들에게 폐를 끼치고 싶지 않았던 생각도 있었어요. 그건 어린 시절부터 아버지가 엄하게 자립심을 길러준 덕분이에요. 그 교훈이 도움되어 이렇게 행복하게 지낼 수 있네요. 고생하고 나서야 만족을 아는 법이지요. 끝이 좋으면 다 좋잖아요. 자, 이걸로 취재에 도움이 되셨나요?

신앙과 관계없이 병원 내에 놓인 성서를 손에 드는 사람이 적지 않다.

환자 개개인의 희망을 이루어주는 일

간호사 와다 에이코(和田栄子)

병실에 방문하면 벽에 대부분 스냅 사진이 여러 장 걸려 있는 모습이 눈에 띈다. 침대 주변을 둘러싼 직원들과 그 속에서 미소 짓는 환자가 함께 찍힌 사진이 가족사진 사이에 걸려 있다. 사진 속 침대 위의 테이블에는 요리가 늘어서 있다. 토요일 밤 요청식이 운반되어 올 때 항상 이렇게 모두 기념사진을 찍는다고 한다.

나도 환자분에게 권유받고 그 기념 촬영에 함께한 적이 있다. 아직 따듯한 접시에서 퍼지는 맛있는 냄새가 병실을 메우고, 북적북적 떠들썩한 분위기 속에서 환자들이 어딘가 들떠 있는 모습으로 웃음꽃을 피우는 광경에 나까지 기분이 좋아졌다.

지금은 디지털카메라로 사진을 찍기 때문에 프린트도 손쉽게 할 수 있어서 스냅 사진은 금세 환자에게 전달된다. 그렇게 금세 벽에 걸린 활기찬 광경의 사진은 병실에 즐거운 공기를 가져온다. 이런 서비스는 보험적용 대상이 아니므로 병원 측이 비용을 부담한다고 한다.

"여성분들은 '요청식 먹는 날에는 촬영이 있다'며 화장하고 차림새를 정돈하여 기다리기도 하시는데, 이런 것이 일상의 사소한 변화로 이어집니다. 가족과 함께 사진을 찍는 경우가 많기 때문에 병문안을 오는 분들과 화젯거리가 되기도 하지요. 여기에서는 평소에도 자주 사진을 찍습니다. 이쪽에 입원을 하러 오시면 날씨가 좋은 날에는 옥상의 정원으로 안내하는데, 그때 모처럼 가족과 함께 사진을 찍으라는 제안을 하기도 합니다. 즐거운 순간을 담은 사진이 병실에 조금씩 늘어나는 일은 호스피스에서 생활하면서 활기차게 힘을 낸다는 흔적이기도 하고 본인이 살아가는 데 힘이 되어주는 것 같아요."

요도가와 기독교 병원 호스피스·어린이 호스피스 병원의 간호과장인 와다 에이코 씨는 언제나 천천히 온화한 말투로 설명해주었다.

이번 호스피스 취재는 환자의 상태 등을 파악하고 있는 와다 씨와 상담하면서 진행했다. 아무리 바쁘더라도 초조해하는 모습을 본 적이 없고, 거듭되는 부탁과 상담에도 항상 먼저 귀를 기울이며 정확한 조언을 해주었다. 아마 환자나 그 가족도 그녀 덕분에 크게 안심할 수 있으리라 짐작이 갔다.

그런데 앞에서 말한 스냅 사진은 전부 병원에서 보관한다고 한다. 환자가 사망한 뒤 약 반년 후에 시행하는 유족을 위한 가족회에서 담당 간호사가 환자의 에피소드를 소개하며 스냅 사진을 슬라이드로 비추어서 가족과 추억을 공유한다고 한다. 호스피스에서는 입원 중은 물론 이런 지속적인 가족의 케어도 매우 중요하게 생각한다. 사진은 그런 일을 위한 하나의 도구다.

"입원 전의 환자분 가족이 자주 이런 말을 하세요. 호스피스에 들어와서 주사로 영양분을 공급하는 일을 무리하게 중단하면 밥도 먹지 못하고 결국 죽기만을 기다리는 것 아니냐고요."

와다 씨의 표정이 조금 어두워졌다.

"물론 사람은 최종적으로 누구나 먹을 수 없게 됩니다. 필요가 없어지면 자연히 몸이 받아들이지 않기 때문이지요. 하지만 그때까지는 가능한 한 먹을 수 있도록 도움을 줘야 합니다. 실제로 호스피스에 와서 먹는 즐거움을 되찾은 사람이 적지 않아요."

실제로 취재 중에 호스피스에 와서 먹는 즐거움을 되찾았다는 목소리를 여러 번 들었다. 어째서 호스피스에 들어와서 먹을 수 있게 되었을까? 그런데 여러 번 병원에 왕래하는 동안 조금씩 그 이유를 발견했다.

호스피스에서는 항암 치료나 연명 치료를 하지 않는다. 그렇다고 아무 치료도 하지 않는 것은 아니다. 증상을 완화시키거나 고통을 억제하기 위한 투약 조절 등의 치료는 꽤 적극적으로 하고 있다. 투약 양도 꽤 많다. 복수를 빼는 등의 이점과 단점이 있는 치료에 대해서는 환자의 부담과 고통의 정도, 남은 시간을 고려해서 의사와 상담하여 결정한다. 간호사는 24시간 교대로 확실히 팀을 짜서 환자가 표현하는 작은 신호에서 얻은 정보를 교환하며 약으로는 차단할 수 없는 몸과 마음의 고통을 경감하기 위해 환자가 침대에 누울 때의 체위를 고려하거나, 몸을 따뜻하게 하거나, 차갑게 하거나, 문지르거나, 잡담 상대가 되기도 하는 등 일상에서 가능한 모든 케어를 거듭하고 있다. 나도 병원을 취재할 때 자질구레한 환자의 요구에 응대하는 간호사의 모습을 자주 보았다.

우리 입장에서는 음식을 먹는 아주 당연한 일이 말기 암 환자에게는 어느 의미로 기적이다. 그런 기적이 일어나는 것은 간호사를 중심으로 한 직원들의 배려가 있기에 가능한 일이다.

"요청 식사는 1주일에 한 번으로, 환자가 자신이 좋아하는 음식은 뭐든 먹을 기회입니다. 그때 환자가 만족감을 느낄 수 있는 것은 물론이고, 다음 주에는 저것이 먹고 싶으니까 그때까지 힘내서 살아가자는 격려로 받아들이는 사람도 있습니다. 또한 호스피스의 환자 중에서는 본인이 제대로 먹을 수 있다는 일에 자신감을 얻는 사람도 적지 않습니다. 오히려 먹고 싶은데 남기거나 하면 그로 인해 자신감을 잃어버립니다. 그래서 평소 하는 식사라도 개인의 기호나 양 등 세세한 요구가 이루어질 수 있도록 배려하고 있어요. 아주 소량이라도 자신이 먹고 싶다고 생각한 메뉴를 다 먹는 일이 환자분에게는 희망을 줍니다. 음식은 환자분의 기분 측면에서 매우 커다란 의미를 지니고 있어요."

와다 씨는 간호학교를 졸업하고 부속병원에서 일하기 시작해 4년이 지났을 무렵 요도가와 기독교 병원에 입사했다. 맨 처음 배속된 곳은 뇌혈관 내과였다. 그곳에서는 어제까지 건강했던 사람이 돌연 병에 걸려 마비나 실어증을 동반하는 후유증 증상을 보인다. 그런 증상을 수용하거나 퇴원 후에 자립할 수 있도록 지원하는 일을 통해 간호사로서 보람을 느끼게 되었다고 한다.

외과에 처음 배속되었을 때 와다 씨는 암 환자를 담당했다. 그 사람은 말기 암 선고를 받아 호스피스 병동으로 전원을 희망했지만 빈 침상이 없어서 일반 병동에서 투병하고 있었다. 드디어 시간의 한계가 보였을 때 본인이 굳이 희망해서 일시적으로 집에 돌아갔고, 그 후에 일반 병동에서 세상을 떠났다고 한다. 그 환자를 통해 와다 씨는 본인의 희망을 이루어주는 일의 의미와 암 환자의 삶을 지원하는 호스피스 케어를 의식하게 되었다.

"호스피스 의사 이외의 의사는 치료하는 일에 가치를 두는 일이 많지만, 아무리 노력해도 생명에는 한계가 있습니다. 치료할 수 없는 일을 패배한 것이라고 생각하면 그 일로 환자분은 버려지는 기분이 들거나 괴로워지지요. 일반 병동에서 그런 일로 고통받는 분을 여러 명 보았습니다. 하지만 사람은 누구나 마지막에는 죽어요. 그것은 평등합니다. 나답게 살다가 가겠다고 마음을 다잡으면 평온하게 마지막을 맞이할 수 있을지도 모릅니다. 어린 자식을 위해 살고 싶다는 젊은 어머니도 있었고, 그 형태는 다양해요. 다만 환자가 본인의 희망에 가까이 갈 수 있도록 도대체 우리는 무엇을 할 수 있을까? 그것을 항상 생각하지요."

호스피스와 일반 병동의 간호사는 무엇이 다를까? 마지막으로 물어보았다.

"희망하는 식사를 제공하는 요청식도 그렇지만 호스피스에서는 하나하나의 케어가 전부 '맞춤 제작'입니다. 본인에게 무엇이 편안한지는 살아온 길이 다른 것처럼 각각 다르니까요. 그리고 사소하게 생각되는 신호도 놓치지 않고 최대한 케어하려고 합니다. 일반 병동에서는 내일로 미루면 될 일도 호스피스에서는 시간의 한계 때문에 후회하는 결과를 낳을 수도 있거든요. 할 수 있는 일은 반드시 그 순간 합니다. 말기니까 이제 아무것도 할 수 없다고 생각하지 않습니다. 마지막까지 최선을 다할 수 있는 일도 분명히 있으니까요."

그렇게 말하고 와다 씨는 부드럽게 미소 지었다.

요청

부부가 항상 먹던 오코노미야키

"냉장고에 아무것도 없는 날이 있어요. 그런 날은 오코노미야키나 다코야키를 먹자고 해요."

후쿠이 아사코(福井朝子, 84세), 췌장암

이전 병원에서는 항암 치료 때문에 식사 제한이 심해, 집에서 가져온 매실 장아찌와 함께 가까스로 죽을 넘기는 식이었다고 한다. 그러다 보니 점차 먹고 싶다는 욕망이 사라져 버렸다고. 반면 이곳으로 옮긴 후에는 텔레비전에서 돈가스가 나오면 먹고 싶어질 정도로 순식간에 식욕이 회복되었다고 한다. 이 이야기를 손자에게 보내는 편지에 쓰니 "건강해지면 함께 먹으러 가요"라고 답장이 왔다며, 아사코 씨가 웃으면서 이야기해 주었다. 통통 튀는 말투의 아사코 씨와 쾌활한 남편 히로오 씨와의 사이도 화목했다. 두 사람의 웃음소리가 끊이지 않는 활기찬 취재 시간이었다.

이가 좋지 않은 후쿠이 씨를 위해 돼지고기와 부드럽게 데친 양배추를 잘게 썰어, 풍미를 살리면서도 식감을 배려한 오코노미야키. 후쿠이 씨는 매우 맛있다며 기분 좋게 입에 넣었다.

꽃하고 나하고
어느 쪽이 중요해요?

아사코 씨 내가 스물넷, 남편이 스물여덟일 때 함께해서 지금 딱 60년이 되었어요. 아들 둘은 결혼해서 지금은 직장 사정으로 도쿄와 나고야(名古屋)에서 살고 있습니다. 그래서 평소에는 남편하고 둘만 생활해요. 남편과는 취미가 비슷해서 읽고 싶은 책도 똑같으니까 다 읽고 교환한 다음 대수롭지 않게 서로의 감상을 이야기해요. 보고 싶어 하는 TV프로그램도 거의 비슷해요. 좋아하는 음식도 비슷한데 냉장고에 아무것도 없는 날에는 항상 '오코노미야키나 다코야키나 먹을까?'라고 했어요. 그래서 오늘은 오코노미야키를 부탁했습니다. 이에 걸리는 것이 신경 쓰인다고 상담하니 돼지고기를 작게 해주셔서 정말 맛있게 먹었어요.

히로오 씨 우리는 철로 만든 다코야키 틀이 있어요. 둘이 여행 가서 이와테(岩手)에서 샀지요. 15개의 홈이 비교적 커서 들고 오기가 무거웠지만 둘이 구워서 먹기에 딱 좋아요.

아사코 씨 오코노미야키를 하는 날은 프라이팬으로 먼저 한 장 구워서 뜨거울 때 둘이서 반씩 먹고 또 한 장 구워서 그것도 반씩 먹었어요. 그렇게 사이가 좋은 부부도 어느 한쪽이 병에 걸리면 완전히 싸움만 하게 돼요.

히로오 씨 하하하. 아니에요. 이 사람이 약 기운으로 식욕이 떨어져서 밥 먹는 걸 싫어하게 되다 보니, 내가 먹으라고 먹으라고 강요하니까 강요하지 말라고 화를 내더라고요.

아사코 씨 환자는 제멋대로 하게 되는 법이에요. 기분도 하는 말도 자꾸 변하지요. 나도 잘 알아요.

히로오 씨 나는 올해 들어 귀가 어두워져서 뭘 부탁받아도 확실히 못 알아들으니까 이 사람이 생각하는 대로 해주지 못해요. 그래서 애가 타는가 봐요. 아니, 집 정원에는 잡초도 자라고 있고, 꽃에 물도 줘야 해요. 내가 전화를 집 안에 두고 정원에 나와 있으면 이 사람이 전화를 해도 알 수가 없잖아요. 그러면 간호사가 전하라고 한 말을 전하지 못하니까 불안해져서 화를 내요. 꽃하고 나하고 어느 쪽이 중요하냐면서.

아사코 씨 호호호.

정년 후에는 단체 여행이 부부의 즐거움

아사코 씨 남편이 회사를 정년퇴임한 후에는 여행이 취미가 되었어요. 둘이 갈 때도 있었지만 대부분 부부 세 쌍, 여섯 명이 그룹으로 갔지요.

히로오 씨 때마침 중국 쑤저우 투어에 참가했었는데 아주 즐거웠어요. 투어가 끝나고 집에 돌아갈 때, 부부로 참가했던 유치원 선생님이 "이렇게 같이 와서 즐거웠으니

조명 디자이너가 기부한, 일본 종이로 만든 조명이 아름다운 빛을 낸다.

앞으로 또 함께 가요"라며 모두의 연락처를 수첩에 적었어요. 집에 돌아온 다음 날에 벌써 엽서가 도착했더군요. 그 이후 20년 동안 알고 지냈어요.

아사코 씨 그중에 의사분이 계셨는데 12월 28일까지는 병원 문을 열고 싶다고 하셔서, 매년 29일부터 1월 5일까지 6일 동안만 여행을 다녔어요. 캐나다, 하와이, 발리 섬, 대만… 매년 같은 멤버로요. 스위스가 참 좋았어요. 하와이는 별로 마음에 들지 않았지만.

히로오 씨 그랬구먼. 허허.

아사코 씨 모두 이상하리만치 마음이 잘 맞아서 서로 집도 오가고 밖에서 식사 모임도 하고 그랬어요. 하지만 서로의 영역에 깊이 들어가지는 않았어요. 그런데 여행을 거듭하면 공통 추억이 생기잖아요. 예전에 저 사람이 바다에서 배가 거꾸로 뒤집혀서 큰일 날 뻔한 적도 있었어요. 호호. 항상 그런 일이 화제의 중심이라서 모임이 오래 지속되었는지도 몰라요.

히로오 씨 의사 부부가 정말 남을 잘 돌봐줬어요. 컴퓨터도 잘 다뤄서 사진을 넣은 여행안내서 같은 책자를 만들어 주기도 했어요.

아사코 씨 보기 드문 모임이라는 말을 자주 들었어요. 그런 우리도 나이를 먹으니 멤버가 조금씩 줄어들어서 다음은 내 차례네요.

식욕이 회복되고 즐거워진 입원 생활

아사코 씨 나는 쌍둥이가 한 쌍 있는 여섯 남매 속에서 자랐어요. 옛날에는 하녀도 두세 명 있었으니 대가족이었지요. 오사카 겐보(賢母)여학교를 나와서 쇼인(樟蔭)여자전문학교(현재의 오사카 쇼인여자대학) 가정과에 진학해 단백질이 어떻다든가 하는 식품 영양을 배웠는데, 결혼한 뒤 일상에 쫓기다 보니 식사의 소중함을 잊어버렸네요.

결혼한 뒤에는 시부모님과 아이들로 여섯 가족이었어요. 이 근처에 사는 동생 부부가 요즘 자주 들러줘요. 며느리도 자주 보살펴주고, 정말 여기까지 오게 된 건 모두의 덕분이에요. 감사할 따름이죠. 병에 걸린 이후 없어졌던 식욕이 여기에 와서 다시 생겼어요. 먹는 일이 즐거워졌답니다. 지금은 우유도 먹을 수 있고, 과일도 먹을 수 있고, 카페에서 커피와 달콤한 초콜릿까지 먹어요. 여기에서는 식기도 사기그릇을 쓰는데, 집에 있는 거와 똑같아요. 이제 걸을 수 있으면 바랄 게 없을 정도예요.

히로오 씨 아니, 정말로 놀랄 정도로 잘 먹어요. 허허.

아사코 씨 어렸을 때 덴진(天神) 신사 뒤편에 있던 가게에서 축제 때 사촌과 함께 쵸보야키(ちょぼ焼き)를 먹은 적이 있어요. 쵸보야키는 물에 갠 밀가루에 맛을 낸 곤약 재료를 올려서 구운 거예요. 가다랑어포나 해조류를 뿌려서 먹는 어린이 간식 같은 거랍니다. 엄청 맛있어요. 이렇게 오랜만에 오코노미야키를 먹고 있으니 그런 것도 생각나네요. 왠지 그리워요.

요청

기름기가 좌르르 흐르는 스테이크

"전 세계를 여행하면서
많은 요리를 먹어봤지만
역시 쌀밥과 고기가 가장 맛있어."

후지타 에이이치(藤田榮一, 90세), 악성림프종

후지타 씨의 병실 벽에는 옛날 전투기 사진이 실린 달력과 하얀 해군 모자가 걸려 있다. 전쟁 중에 해군의 항공대에 있었다고 한다. 간결하게 이야기하는 어조에 품격이 묻어났다. 후지타 씨가 누워 있어도 그 앞에 서면 내 자세를 바르게 고칠 만큼 위엄이 느껴졌다. 이전의 병원 식사는 거의 맛없는 죽뿐이라서 남기는 일이 많았다고 한다. 그러나 이곳으로 병원을 옮긴 후에 "간이 딱 맞아서 참 맛있어"라며 매번 그릇을 싹 비운다고 한다. 약기운으로 매번 강한 졸음이 쏟아져서, 취재는 부인인 나오코 씨가 항상 주도해 주었다.

후지타 씨가 좋아하는 등심 스테이크를 기름기가 적당히 올라오도록 미디움으로 구웠다. "맛있어요?"라며 얼굴을 들여다보는 부인에게 작게 수긍한 후지타 씨. 이 부부만의 분위기가 살짝 엿보인 순간.

두 세대가 한 집에,
대식가 가족

나오코 씨 큰아들 가족이 2층, 우리 부부가 1층, 우리는 이렇게 두 세대가 함께 살고 있어요. 평소 식사는 부부 둘이서 했는데, 메뉴는 남편의 기호에 맞췄어요. 남편은 기름진 음식을 좋아해서 중화요리를 자주 만들었답니다. 고기도 좋아하는데, 오늘 요청식으로 부탁한 스테이크처럼 "기름이 잘 도는 부위를 미디엄으로" 하고 못 박을 정도로 취향도 확실해요.

평소 고기 요리를 할 때는 잔뜩 만들어서 아들 부부와 손자까지 모두 함께 식탁에 둘러앉아 먹어요. 고기는 다들 좋아하니까 자주 먹지요. 우리는 남편도 나도 아들도 사위도 누구 하나 술 마시는 사람이 없어요. 정월에 열세 명이 모여도 맥주 한 병 나오지 않아요. 그 대신에 다 함께 엄청 먹어대요. 깜짝 놀랄 정도로.

에이이치 씨 12월 30일에는 모두 우리 집에 모여서 떡을 만드는 게 연례행사입니다. 1955년에 절구를 산 뒤에 벌써 50년 이상이 되었나.

나오코 씨 그래요. 철커덕철커덕. 갓 만든 따끈따끈한 떡에 무를 갈아 가다랑어포나 뱅어포를 넣어서 곁들여 먹는데, 처음 절구로 친 떡은 그 자리에서 먹어버리니까 무 하나로는 부족해요. 그래서 무 가는 담당도 힘들지요. 올해는 증손자가 두 명 늘어서 열다섯 명이 되었어요.

에이이치 씨 뭐야, 잠만 자는 갓난아기까지 머릿수를 세었군. 허허.

이것저것 먹어도
집밥이 가장 맛있다

나오코 씨 정년을 맞을 때까지 근무하는 동안 남편은 거의 집에 없었어요. 일도 바빴지만 마작을 하거나 놀러 나가는 일도 잦았지요. 예순두 살에 퇴직한 뒤에는 둘이서 한 달에 한 번은 국내 여행을 가고, 해마다 두 번 정도는 해외여행을 갔어요. 남편에게 심근경색이 오기 전까지는 유럽에도 발길을 뻗었지만… 더 이상 먼 곳으로 여행을 가지 못했어요. 마지막은 모로코였나?

에이이치 씨 영화 〈카사블랑카〉의 무대가 된 바(bar) 있잖아요. 그곳을 재현한 호텔 바가 모로코에 있어요. 영화에서 나온 비행기 모형 같은 것도 장식되어 있고. 모로코 참 좋았어. 사막도 시장도.

나오코 씨 그리고 말이에요, 인상 깊었던 곳은 남미예요. 이구아수 폭포는 브라질과 아르헨티나와 파라과이 세 나라를 통해 갈 수 있는데, 아르헨티나에서 가면 몇 킬로미터를 무조건 걸어야 해요. 너무 힘들죠. 하지만 정말 멋있어요. 그렇지, 아마존에서는 배를 타고 피라냐를 잡아서 먹었어요. 피라냐는 물고기인데도 고기로 미끼를 해서 낚아요.

에이이치 씨 피라냐는 기질이 난폭해서 어부가 아니면 낚싯바늘을 빼지 못합니다. 무심코 물리면 큰일 나니까. 소금구이로 먹으면 꽤 맛있어요. 여행지에서 또 맛있었던 것이요? 외국에서 맛있는 음식을 먹은 기억은 거의 없는데. 맛없는 음식을 먹은 기억은 있어도. 허허.

나오코 씨 뉴질랜드는 해산물이 풍부하고 맛있었어요. 그리고 과일, 특히 체리가 엄청 맛있었어요.

에이이치 씨 그쪽에서는 과일도 킬로그램 단위로 팔아요. 같은 투어의 신혼부부가 체리를 잔뜩 샀는데 그날 밤 호텔에서 왕창 먹는 바람에 다음 날 배탈이 났는지 꼼짝도 못하는 상태가 되었지, 아마.

나오코 씨 맞아요. 역시 음식은 일본 게 좋아요. 여행에서 돌아오면 항상 역시 집밥이 최고로 맛있다고 느껴져요.

세계의 하늘을 날았던
전 해군 중위

(병실에 걸려 있던 하얀 모자에 대해 묻자)

나오코 씨 이건 해군에서 여름에 작업할 때 쓰는 모자예요. 남편이 젊은 시절 해군 항공대에 있었어요.

에이이치 씨 스물둘, 셋 무렵인가.

나오코 씨 페루에 갔을 때 비행기를 타고 나스카의 지상화를 상공에서 내려다봤는데 그 네다섯 명 타는 작은 비행기가 엄청 흔들려서 정말 무서웠어요. 나는 질색을 했지만 남편은 비행기를 타서 좋아했어요. 그랜드캐니언에 갔을 때도 비행기에서 그랬는데, 꼭 조종석 옆에 앉아서 조종 장치를 조금 만져보게 해달라고 해요.

에이이치 씨 조종석에 앉으면 눈앞에 하늘이 펼쳐져요. 기분 좋지. 조종 방법이요? 그건 한 번 배우면 잊을 수 없지요.

나오코 씨 비행기 이야기를 시작하면 멈추지 않아요. 호호. 젊은 시절의 청춘이 생각나니까 그러는 거겠지요. 히로시마의 구레(吳)에 야마토 전함(태평양전쟁 때 일본이 건조한 세계 최대의 전함 – 옮긴이)이 전시된 해사역사 과학관이 있는데, 그곳에 비행기도 전시되어 있어요. 남편의 해군 시절 친구와 함께 보러 갔었지요. 해군 동료 중에는 전쟁에서 세상을 떠난 사람도 꽤 있으니까… 살아남은 동료와 유대관계가 깊어요. 매년 교토나 도쿄의 신사에서 시행하는 위령제에도 참가하는데 나도 동행했답니다. 그리고 한 달에 한 번은 반드시 교토에서….

에이이치 씨 매달 마지막 목요일에 '이즈모야상'이라는 장어 가게에서 모이곤 했습니다.

나오코 씨 이 사람은 개근상을 받아야 할 정도였어요. 이제는 친구가 조금씩 줄어서 가지 않지만. 아, 그리고 전쟁 중에 해군 비행기를 타던 사람들은 인기가 많았어요. 군복 입은 모습이 씩씩하게 보이니까. 언젠가 손자가 당시 사진을 보고 "할아버지, 멋있다!"라고 했어요. 지금도 멋

있다고 내가 말하니까 손자가 "지금은 아닌데"라고 하지 뭐예요. 옛날 중위였던 사람도 나이를 먹으니 이제 인기가 떨어졌네요. 호호.

에이이치 씨 하하하.

나오코 씨 남편은 다이쇼(大正, 1912-1926) 시절에 태어났어요. 남자를 위대하다고 여기던 시대지요. 남편은 미에(三重)의 마쓰사카(松阪) 출신이지만, 나는 규슈 출신이에요. 규슈 쪽은 규범을 더 엄격하게 따지던 분위기였으니까 남자와 여자의 식사 순서부터 확실히 정해져 있었어요. 그런 부분에 익숙하니까 결혼 생활이 별로 힘들지 않았지요. 게다가 남편도 친절했고요. 아들들도 착하답니다. 큰아들은 회사에서 돌아올 때 매일 병원에 나를 데리러 와요. 큰딸은 어제 왔었는데 손자에 증손자까지 데리고 와서 한 번 오면 떠들썩해요. 아이고, 영감님. 슬슬 식사 시간이네요. 맛있는 스테이크가 오니까 일어나요. 좋아하는 고기라고 기대했잖아요.

에이이치 씨 일어나 있어.

나오코 씨 어머, 눈이 감기려고 하는데요?

에이이치 씨 하하하.

조금이라도 편하게 지내기를 바라는 마음에서,
개개인이 좋아하는 조명을 골라 병실의 입구를 밝혔다.

요청

달콤 짭조름한 감자조림

"달고 짭짤한 맛의 소박한 조림을 좋아해요.
그건 어린 시절에 할머니가 해주시던 맛이에요."

야마모토 요시노(山本ヨシノ, 가명, 85세), 다발성 골수종

야마모토 씨는 오카야마(岡山)에서 나고 자라 결혼한 뒤에는 간사이에서 살아왔다고 한다. 조카딸 다에(多恵) 씨와 이야기를 나누는 동안에는 어딘지 고향 사투리를 되찾은 듯했다. 느긋하고 순한 말투인 야마모토 씨와 순수하고 사람 좋은 다에 씨는 대화를 나눌 때 스스럼없는 부모와 자식 같은 분위기를 풍겼는데, 이런 이야기를 하게 된 계기는 야마모토 씨의 호스피스 입원이었다고 한다. 떨어져서 살던 친척과의 거리가, 이렇게 호스피스에서 다시 가까워지는 일도 종종 있다.

달고 짭짤한 향이 식욕을 돋우는 조림. "평소 식사 때 여러 가지를 먹으니까 오히려 소박한 것이 먹고 싶어져요. 항상 이것만 요청해요"라는 야마모토 씨.

잊을 수 없는
할머니의 손맛

야마모토 씨 나고야에 사는 손자가 이 병원이 역에서 가까우니 좋겠다고 권해줬어요. 휴일마다 신칸센을 타고 와준답니다. 시즈오카에 사는 딸도 집이 먼데 신경을 잘 써줘요. 모두 착한 아이들이에요. 이 아이(다에)는 오빠의 딸이에요. 근처에 살고 있어서 이렇게 자주 보러 와주죠.

다에 씨 최근에는 친척들을 결혼식에서 만나는 정도라 이렇게 느긋하게 이야기하지 못하잖아요. 저는 지금 오사카에 살고 있지만 예전에는 고모의 오카야마 고향집에서 살았던 적이 있어요. 고모의 아버지, 그러니까 할아버지와 함께요. 고모와 함께 산 적은 없어요. 그런데 이렇게 이야기를 하다가 음식 기호라고 할까, 몸이 원하는 것이 비슷하다는 사실을 알고 놀랐어요. 제가 좋아하는 호박과 토란 조림을 가져온 적이 있는데 고모도 좋아한다는 걸 알고 놀라기도 했지요.

야마모토 씨 나도 이런 먹음직스러운 토란이나 호박을 좋아하니까. 여기에서 매주 좋아하는 건 뭐든지 말하라고 하잖아요. 나는 항상 감자와 당근을 달고 짭짤하게 끓인 것을 부탁해요.

다에 씨 저도 그런 음식을 좋아해요.

야마모토 씨 집에서는 머리를 뗀 멸치와 다시마로 육수를 냈어요. 멸치는 그대로 함께 익힌 뒤 그냥 먹었어요. 해산물이니까요. 그것도 맛있어요. 고기는 냄새가 신경 쓰여서 생선과 채소를 좋아해요. 특히 뿌리채소로 만든 반찬을 좋아해요. 우리 엄마가 아니라 할머니의 맛을 떠올리게 해주거든요. 오카야마의 호칸초(奉還町)에 있던 고향집은 꽃집을 했었는데, 부모님이 바쁘니까 할머니가 밥을 만들어 주셨어요. 그 맛을 지금도 좋아해요.

다에 씨 엇, 꽃집을 했어?

야마모토 씨 다에가 아직 태어나지 않은 훨씬 옛날의 이야기야. 옛날 사람들은 싼 식재료를 가지고 이리저리 궁리해서 뭐든지 자기 식으로 맛있게 만들고 그랬잖아요. 할머니는 요리를 잘하셨어요. 그 맛은 잊을 수 없지.

다에 씨 할아버지(야마모토 씨의 아버지)는 우리 엄마가 만드는 요리에 사사건건 평가를 했어. 증조할머니의 밥으로 입맛이 높아서 그랬구나.

야마모토 씨 올케 언니가 하는 요리도 맛있는데. 거기에 불만을 말하는 건 사치지.

좋아하는 맛은 달라도 휴일에는 부부가 함께 등산

야마모토 씨 20년 정도 전에 세상을 떠난 남편은 고베의 제철소에 근무했어요. 결혼하고 오카야마에서 나와 맨 처음은 아마가사키, 그다음에는 아주 오랫동안 고베에 살았어요. 남편의 누나도 아마가사키에 있어요. 다른 형제도 모두 잘해줬어요. 남편도 친절했고, 시어머니도 정말 상냥한 분이셨어요. 행복했지요. 집안이 시끄러웠던 적이 없으니까. 딸아이가 좀 커서 손이 덜 가게 될 무렵에 딱 한 번 정밀기기 제조회사의 공장에 아르바이트를 하러 갔어요. 모두 좋게 이야기해주고 모르는 것도 가르쳐주는 좋은 사람들뿐이었어요. 마음이 맞는 친구가 생겨서 휴일에 함께 온천에 가기도 했지요. 지금까지 만남이 이어지는 사람도 있답니다.

다에 씨 그러고 보면 고모부는 참 온화한 분이셨지.

야마모토 씨 우리는 외식은 별로 하지 않고 집에서 먹는 일이 많았어요. 남편은 착했지만, 음식 맛에 대해서는 냉정하게 말했어요. 네가 만든 요리는 달거나 맵거나 둘 중 하나라고. 솔직하게 말하자면 요리하는 걸 별로 좋아하지 않았어요. 이제 하지 않아도 된다고 생각하니, 좋아해야 하나? 호호.

다에 씨 그러고 보니 두 분이 산행을 갈 때마다 도시락 만드는 게 일이었다는 이야기도 여기서 처음 들었네.

야마모토 씨 고베니까 롯코 산(六甲山)이 가깝잖아요. 남편이 등산을 좋아했어요. 나는 싫어했지만, 휴일에는 가자고 하면 따라갔지요. 등산화는 무거우니까 그것도 싫었어요. 게다가 아침 7시에는 집을 나왔는데, 그 전에 도시락을 만들어야 하니까 번거롭더라고요. 매실 장아찌와 어묵으로 주먹밥을 간단하게 만들긴 했지만요. 산 위에 목장이 있어서 도시락은 그곳에서 먹었어요. 소와 양을 방목하고 있어서 갓 짜낸 신선한 우유를 마실 수 있었지요. 남편은 그것을 맛있다고 꿀꺽꿀꺽 마셨지만 나는 우유도 싫어해서 안 마셨어요. 후후.

다에 씨 아, 우리 아빠도 우유는 안 마시는데. 역시 오빠와 여동생이라서 닮았나 봐.

야마모토 씨 남편과 입맛이 다른 건 알고 있었지만, 남편 입맛에 맞는 요리를 해줄 만큼 요리 실력이 없으니 어쩔 수 없었어요. 그래서 남편에게 휴일에는 직접 요리를 해달라고 부탁했지요. 그러니까 항상 스키야키를 하더군요. 딸도 휴일이 되면 남편이 요리한다는 걸 알고 "오늘은 스키야키네" 하고 기뻐했어요. 둘은 고기를 좋아했거든요. 나는 뿌리채소만 있으면 그걸로 충분했지만, 가족이라도 입맛은 다르니까요. 그래도 우리는 정말 사이가 좋았어요.

다에 씨 어쩐지 고모 말투가 할아버지와 닮았어.

야마모토 씨 그거야 부모 자식이니까 닮을 수밖에 없지.

다에 씨 맞아 맞아. 그렇게 부드러운 말투로 부정하지 않는 거. 이렇게 이야기하고 있으면 몸집이며 표정이며 왠지 묘하게 닮은 것 같아.

야마모토 씨 그래? 몰랐네.

다에 씨 이렇게 옛날이야기를 하면 추억을 함께할 수 있으니까 재밌어요. 어쩐지 마음이 후련해져서 해방된다고 해야 하나. 즐거운 기분만 남아요, 정말 좋았구나 하고.

야마모토 씨 그래. 즐겁지.

다에 씨 고모는 인터뷰 같은 거 처음이지? 무슨 질문을 받을지 설레잖아. 그게 즐겁지 않아?

야마모토 씨 아하하.

옥상에서 올려다보면 이처럼 푸른 하늘이 기분 좋게 펼쳐져 있다.

(취재 후 받은 기쁜 소식)

병실에 방문했던 것은 8월의 더운 시기였다. 그때마다 야마모토 씨는 분명한 어조로 활기차게 이야기해줬다. 그 후 무사히 겨울을 넘기고 봄이 지나 여름을 맞이했을 무렵에도 병세가 더는 진행되지 않는, 소강상태를 유지했다고 한다. 그리고 석 달이란 시한부 판정을 받아 입원한 뒤 약 아홉 달 후, 야마모토 씨의 몸이 호스피스 케어를 필요로 하는 상태에서 벗어났다는 사실을, 다에 씨와의 전화로 알게 되었다.

가족과 병원 측이 이야기를 나눈 결과 야마모토 씨는 손자가 생활하는 나고야로 이동하게 되어 현재는 고령자 간호 시설에 입주했다. 요도가와 기독교 병원 호스피스·어린이 호스피스 병원과 현지의 병원이 정보를 공유하면서 만약 병세에 변화가 있는 경우를 대비하기로 했다고 한다. 이케나가 부원장에 따르면 다발성 골수종은 진행이 느린 암이지만, 혈액 검사 결과까지 양호하게 바뀐 이같은 케이스는 극히 드물다고 한다.

형형색색의 꽃에 마음이 온화해지는 옥상 정원. 맑은 날에는 푸른 하늘 아래로 아름다운 조망이 펼쳐진다.

퇴원 전날 오랜만에 병실에 찾아가니 조카딸인 다에 씨가 함께 짐을 꾸리고 있었다.

"올해 들어 고모가 점점 건강해지는 기분이 들었어요. 이 병원에서 스트레스도 받지 않고 평온하게 지낸 것이 좋았던 것 같아요. 요즘에는 병문안을 올 때마다 도서관에서 대출 한도만큼 책을 빌려와야 할 정도로, 연세가 있으신 데도 독서에 푹 빠지셨어요."

오늘은 이것을 가져왔다며 다에 씨가 내민 시바타 렌자부로(柴田錬三郎)의 문고본. 야마모토 씨는 혈색 좋은 얼굴을 찡긋하면서 싱글벙글 웃었다.

요청식을 만드는 사람들 3

음식에 담긴 요리인의 생각

조리사 다카후지 신지(高藤信二)

매주 금요일, 영양사가 환자에게 희망 메뉴를 다 듣고 나면 한데 모여진 요청식 정보는 병원 1층 조리장에 있는 조리사 다카후지 신지 씨에게 전해진다. 각 메뉴에 담긴 환자의 생각을 비롯해 세세한 뉘앙스까지 영양사에게 확인하고 나면 바로 식재료 준비에 돌입한다. 동시에 어떻게 하면 음식을 보기 좋게 담을 것인지 머릿속으로 구상한다. 게다가 평소의 식사 준비와 조리도 병행하므로 조리장은 눈앞이 어지러울 정도로 분주한 모습이다. 이 모습이 매주 주기적으로 이루어진다.

요도가와 기독교 병원 호스피스·어린이 호스피스 병원에서는 요청식뿐 아니라 모든 식사에서 가능한 한 시판하는 제품을 사용하지 않고 손수 만드는 것을 기본으로 하고 있다. 요리를 담는 모양과 그릇에도 정성을 들이고, 계절에 맞는 식재료를 사용하는 일도 중요하게 여긴다고 한다. 그런 것까지 세세하게 신경 쓰면서 한정된 시간 안에서 요청식을 위한 개별 메뉴를 15인분 준비하는 일은 전문 조리사라도 고생이 많을 것이다.

“전에 있던 병원에서는 200명 이상의 식사를 만들었지만 여기는 성인 열다섯 명이에요. 요청식은 매주 한 번이니까 작업에 부담을 느끼는 일은 별로 없어요. 간혹 면 요리를 할 때는 면발이 불지 않으면서도 뜨끈뜨끈한 음식을 내고 싶은 마음이 있으니까 음식이 나가는 찰나에는 아무래도 주방이 정신없지만요.”

순박한 말투와 솔직한 인품이 엿보이는 다카후지 씨가 머리에 손을 얹으며 쓴웃음을 지었다. 고민하는 점은 환자가 희망하는 이미지에 맞게 음식을 만드는 일이라고 한다.

"요청받는 메뉴에는 모두 깊은 생각이 담겨 있어요. 가령 환자분이 크로켓을 원하신다면 그것은 양식점에서 나오는 크림이 듬뿍 들어간 크로켓일 수도 있고, 어머니가 만들어줬던 소박한 크로켓일 수도 있지요. 고등어 초밥도 고급 일식 카운터에서 나오듯이 정성스럽게 만들 수도 있지만, 환자분은 가정에서 먹었던 것을 그리워할지도 몰라요. 초밥 가게처럼 고등어 초밥 밑에 대나무 잎을 깔지 말지조차 고민합니다. 그래서 환자와 이미지를 공유하는 영양사에게 그 환자가 어떤 분인지, 언뜻 식사와 관계없어 보이는 정보까지 전달받고 있어요."

음식점에서 먹는다면 그 음식점 고유의 맛이 제공되지만, 요청식의 경우는 환자가 원하는 맛에 가까운 것을 무엇보다 중요하게 여긴다. 요리사가 자신의 맛을 중심으로 요리하지 않는 일은 보이지 않는 골대에 슛을 하는 것일지도 모른다.

"가정의 맛은 딱 정해진 게 없어요. 그것이 가장 어려워요."

다카후지 씨는 신음하듯이 중얼거렸다. 가장 긴장되는 때는 매주 토요일 밤, 자신이 만든 요리를 손에 들고 병실을 하나씩 돌며 환자에게 전달하는 순간이라고 한다.

"요리를 보고 표정이 확 밝아지는 분도 계세요. 기뻐해 주시는 모습을 보면 저도 기분이 좋아요. 가족분들을 만났을 때 감사의 말을 듣거나, 식기를 반납할 때 맛있었다는 메모가 붙어 있기도 해요. 요리사로서 맛있다고 좋아해주시는 일이 당연히 가장 기쁘지만, 반응이 없다고 섭섭하지는 않아요. 호스피스의 경우는 먹을 수 있는 분이 한정되어 있으니까 일단 숟가락을 들게 하는 일이 가장 중요해요. 저는 단지 환자분이 기뻐해 주시는 얼굴을 상상하며 열심히 만들 뿐입니다."

나라(奈良)의 요리 여관 기쿠스이로(菊水楼)에서 기거하면서 전문학교에서 조리를 배운 다카후지 씨는 졸업 후에 오래된 전통 음식점 쓰루야(つる家)의 조리장으로 들어갔

다. 20대 중반 무렵부터는 실력을 더욱 갈고닦아 호텔 일식 분야에서 솜씨를 발휘한 적도 있다. 그러다가 몸 상태가 안 좋아지는 것을 보고, 장래 독립해서 가게를 가지는 길은 자신에게 맞지 않다는 생각이 들었다. 조리장으로 묵묵히 칼을 쥐는 방법이 성격에 맞았다. 그런 장인 기질을 자각하여 연이 있던 요도가와 기독교 병원의 조리장으로 들어온 것이 서른아홉 살 때이다. 일식을 담당하여 호스피스 병동의 이벤트식(요청식의 원형으로, 한 달에 한 번 시행되었다)도 만들게 되었다.

당시의 주방에는 양식과 중식 요리사가 있었기 때문에 다카후지 씨는 일식만을 담당했었지만, 독립형 호스피스가 개설되면서 이쪽으로 옮겨온 뒤에는 일식, 양식, 중식 모든 장르의 조리를 맡게 되었다. 양식과 중식의 요청 식사가 들어왔을 때는 인터넷 등에서 레시피를 조사하여 전날 밤에 자택에서 예행연습을 한 적도 있다고.

"중식 세트를 원하는 분이 계셨어요. 사실 저는 교자를 만들어본 적이 없어서 교자 전문점에 사러 가는 방법도

잠깐 생각했었지요. 하지만 역시 최대한 직접 만든 요리를 내자고 생각을 고치고 레시피를 조사해서 시행착오를 거치며 만들었습니다. 칠리 새우와 탕수육과 함께 나갔어요. 그랬더니 환자분이 차이나타운에서 먹은 것보다 맛있다고 기뻐해 주셨어요."

현재는 양식 요리사와 어시스턴트 세 사람이 조리장을 운영하고 있어서 꽤 편해졌다며, 다카후지 씨는 눈을 찡긋하며 웃었다.

영양사와는 환자의 입맛뿐 아니라 몸 상태나 음식을 삼키는 상태 등 다양한 정보를 자세히 공유한다고 한다. 만약 음식을 넘기는 데 부담이 있는 환자에게 회를 제공한다면, 겉모양이 손상하지 않도록 주의하면서 잘잘하게 칼집을 넣어 작게 잘랐다. 이가 안 좋은 것을 신경 써서 오코노미야키를 먹지 않고 참는다는 환자의 요청에는 돼지고기를 다져서 사용하고, 미리 데쳐서 부드러운 양배추를 잘게 썰어 식감을 살리면서도 먹기 편하도록 했다. 돈가스를 부탁했지만 두터운 고기를 씹기가 부담스럽다는 환자에게는 얇게 썬 돼지고기를 여러 장 겹친 뒤 한입 크기로 튀겨서 제공했다. 또한 본문에서 이야기를 들었던 야마모토 씨처럼 매주 같은 요리를 부탁하는 사람에게는 맛이 바뀌지 않도록 주의했다. 또한 그런 세세한 배려를 거듭하는 일이 오히려 환자에게 의식되지 않도록 조심하고 있다.

호스피스 환자에게 요리를 만들어 주는 것은 특별한 일일까? 조금 무례하지만 그런 질문을 던져 보았다.

"가이세키 요리(조금씩 다양한 요리가 나오는 것이 특징인 일본식 정찬 - 옮긴이)를 기대하며 부탁한 분이 있었어요. 나는 일본요리 전문이니까 솜씨를 발휘할 기회이기도 했지요. 국물, 생선, 채소 등 사용할 수 있는 식재료와 맛의 조합에 신경 쓰면서 일고여덟 가지 음식을 냈어요. 그런데 그야말로 손 하나 대지 않은 채 음식이 조리장에 돌아왔어요. 요청 식사 전날은 먹을 수 있었지만 다음 날 밤에 이미 안 좋은 상태가 되신 거예요. 환자분의 용태는 급격히 변해요. 호스피스이기 때문에 생길 수 있는 일이지요. 하지만 나는 이것이 마지막 식사가 될지도 모른다는 식으로는 생각하지 않아요. 다만 식사가 가능한 분에게 조금이라도 기쁘게 드실 수 있도록 음식을 제공하고 싶어요. 항상 그렇게 생각하면서 주방에 섭니다."

요청

어린 시절의 우동, 추억의 파인애플

"지리도 역사도 식문화와 관계가 있지요.
여행지에서 요리를 먹으면
그 땅의 배경이 떠올라요."

마에다 레이코(前田禮子, 79세), 대장암

1935년 태어난 마에다 씨는 아주 어린 시절 집 현관에 세계 지도가 걸려 있었던 기억이 난다고 했다. 지도 속에는 만주국이 핑크색으로 칠해져 있었다. 혼란스러운 시대 상황 속에서 보고 듣는 뉴스에는 외국의 지명이 자주 등장했고, 감수성이 풍부하고 호기심이 왕성했던 소녀는 고등학교 지리 교사가 되었다. 마음이 내키면 어디든 날아가 현지를 걷고, 음식을 먹었다고 한다. 명랑한 어조로 뽑아내는 이야기는 지리 · 역사 · 식문화로 이어지며 마치 흥미로운 수업을 받고 있는 듯했다. 인기 있는 선생님이었던 그녀의 모습이 눈앞에 선했다.

어린 시절부터 좋아했던 우동에도 디저트인 파인애플에도 추억이 가득하다. 사진 맨 위의 음식은 넙치회. 항상 넙치라는 별명으로 불린 지인이 떠오른다고 한다.

파인애플을 먹으면
필리핀이 떠올라요

대학생 시절인 1950년대 후반에 필리핀의 루손(Luzon) 섬에 간 적이 있어요. 아직 1달러에 360엔이던 시절이에요. 2차대전 당시 필리핀 전선의 격전으로 여기저기에 일본군의 사체가 나뒹굴고 있었어요. 그 유골을 수습하기 위해 오사카 부립고등학교의 교사였던 지인이 구 후생성의 위탁을 받아 현지에서 살고 있었습니다. 그 사람이 현지를 보러 오지 않겠냐고 권유한 것이 필리핀을 방문한 계기였어요.

그때 필리핀에서 먹었던 파인애플이 맛있었어요. 파인애플은 파인(Pine, 소나무)의 열매라는 뜻이잖아요. 루손 섬의 산악지대에 파인시티(Pine City)라는, 평균 기온 18도 정도의 피서지가 있는데 소나무가 울창해서 그렇게 불려요. 그래서 나는 파인애플을 먹으면 항상 필리핀이 떠올라요.

그 당시 미국과 스페인 전쟁에서 스페인이 패배하면서 필리핀은 미국의 지배 아래에 놓였어요. 전후 표면상으로는 독립했지만 실질적으로는 미국의 점령 아래에 있었지요. 루손 섬의 클라크 공군기지에도 갔었습니다. 일본은 전후 부흥기였지만, 당시 필리핀의 산악지대는 아직 위험했어요. 공산당 게릴라인 '후크단'이 기관총을 가지고 돌아다녔거든요. 전시 중에는 일본군이 점거하고 있어서 내가 방문했던 당시에도 아직 잔류 일본군이 있었을 거예요.

그런 배경이 있으니까 루손 섬 북부의 산악지대에는 스즈키라는 일본인 이름을 가진 필리핀 사람이 많았어요. 그 사람들은 고산 채소를 재배해서 마을에 가지고 가서 팔았어요. 필리핀은 미국 지배 전에 스페인 식민지였으므로 스페인계 혼혈인 메스티소가 많았어요. 그들은 용모가 예쁘니까 음식점 등에 고용되었습니다. 하지만 선주민은 일자리가 없으니 길거리에 나앉은 가난한 생활을 했지요.

음, 수업 시간 같아요? 교사를 하던 때도 교과서에 나와 있지 않은 이런 잡학만 풍부했어요. 학생들은 "선생님, 좀 더 이야기해주세요"라며 이런 이야기를 좋아했지만요. 공부에 도움이 되지 않는 수업이었다고 생각해요. 하하.

아버지가 손수 만든 우동과
실크로드에서 먹었던 면

아버지가 사누키(讃岐) 출신이어서 우동은 늘 집에서 만들어 먹었어요. 제 위로 나이 차이가 많이 나는 오빠가 있고, 언니와 나, 여동생 세 자매예요. 우리들이 발로 반죽을 밟으면 아버지가 중국칼 같은 커다란 칼로 면을 잘랐어요. 우동은 가족이 총출동해서 만드는 음식이었습니다. 갓 뽑은 면이 맛있으니까 특별한 양념 없이 간장만 찍어 먹는 일이 많았지만 따뜻한 국물로 먹는 것도 좋아했어요. 나는 우동도 소면도 좋아하는데, 그러고 보니 중국에서 먹은 면도 맛있었네요.

1980년 무렵에 중국 여행이 해금되고 바로 베이징에서 양쯔 강 유역을 여행한 적이 있어요. 작가, 직물연구가, 실크로드의 프로그램을 만든 NHK의 프로듀서 등 전문가들만 10명 정도가 함께 갔어요. 나는 교사를 하면서 지도 연구도 계속하고 있었으니까 함께 가게 되었어요. 황허 유역의 배에서는 시바 료타로(司馬遼太郎, 일본의 역사소설가)의 중국 취재 통역을 도맡았다는 사람과도 만났습니다.

명십삼릉(명나라 때 13제의 능묘군)에서 동투르키스탄(East Turkistan)에 있는 위구르(Uyghur) 자치구까지 가는데, 베이징에서 서쪽으로 말과 열차와 자동차를 갈아탔어요. 아시아 하이웨이(아시아와 유럽을 육지로 연결하는 도로)도 횡단하면서 그야말로 실크로드를 여행했습니다. 아시아 하이웨이는 도중에 끊어지니까, 그곳부터 오리엔트 급행(파리와 이스탄불을 연결하는 국제 급행열차)으로 갈아타서 이스탄불로 향했어요. 파키스탄에 있는 인더스 문명의 도시 유적인 모헨조다로(Mohenjo Daro)와 하라파(Harappa) 유적도 멋지더군요.

그 대륙은 남쪽은 쌀이 주식이고 북쪽은 보리가 주식인 문화예요. 내가 여행에서 방문했던 곳은 북쪽 지방이 많아서 아침에는 무조건 요구르트를 한 컵 마시고 식사는 양고기 요리나 면 요리를 먹었어요. 뭘 먹어도 맛있을 정도로 입맛에 맞았어요.

몽골 근처에서는 양고기 통구이도 나왔어요. 그쪽은 양이 재산이니까 축하 자리에 양고기 요리가 나옵니다. 우리를 대접해준 거지요. 그런데 함께 여행한 사람 중에는 그 음식을 보기만 해도 구역질을 하는 사람도 있었어요. 그때는 가져간 매실 장아찌를 꺼냈지요. 호호.

그 지역에서는 양고기를 굽는 것이 곧 요리 실력을 보여주는 길이에요. 온종일 틈틈이 빙글빙글 돌리면서 불에 쬐어 능숙하게 구워내요. 그것을 아주 큰 칼로 호쾌하게 쓱쓱 잘라 나눠주지요. 커다란 은색 냄비에서 맡아본 적 없는 향기가 나서 안을 들여다보니 양고기 덩이와 향신료가 보글보글 끓고 있었어요. 당시 일본에는 아직 본격적으로 향신료가 들어오지 않았거든요. 그래서 이스탄불의 향신료 시장에서 이것저것 사서 로열호텔에서 요리하던 친구에게 주었더니 기쁘게 받아서 사용하더군요.

오리엔트 급행은 아가사 크리스티(Agatha Christie)의 소설에 등장하는 우아한 분위기도 있지만, 대륙을 횡단하며 돈을 벌고자 하는 사람들이 많이 타기도 합니다. 동쪽으로 이동하면서 열차 안에는 다양한 민족의 승객이 섞여 있어요. 마치 클레오파트라 같은 아름다운 생김새의 사람들도 점점 늘어나지요. 산뜻한 색채의 옷을 즐겨입는 그들은 성격도 명랑해서 모두 열심히 춤을 추어요. 나도 함께 춤을 추었더니 엄청 기뻐하더군요. 하하.

차창 밖으로 보이는 풍경에는 건축물은 전혀 없고 그저 초원이 펼쳐져 있었어요. 커다란 몽골 개를 데리고 있는 남자아이가 홀로 말을 타고 있는 모습을 보기도 했어요. 《스호의 하얀 말(몽골 전통 악기 설화를 다룬 이야기)》에 나오는 모습 그대로. 그 아이는 도대체 어디로 가는지 궁금해서 줄곧 바라봤던 일이 떠오르네요. 학생들에게 이런 이야기를 하면 좋아해요.

국내에서도 많이 돌아다녔어요. 자료를 보다가 궁금한 지명이 나오면 안절부절못했으니까요. 소모된 핵연료를 묻은 아오모리(青森) 현의 여섯 마을도 어떤 장소인지 내 눈으로 확인하고 싶어서 바로 보러 갔어요.

그런 일을 하니까 나에게는 재산이라고 할 것이 책밖에 없어요. 자료로 보는 책은 비싸니까 월 20만 엔은 책값으로 사라졌어요. 이렇게 병을 얻게 되었으니 이제 책은 팔 수밖에 없겠지만. 얼마 전에 오사카의 지명에 모즈(百舌)라고 붙은 곳이 많은 이유가 궁금해졌어요. 그래서 섬에 대한 책을 가져오게 해서 조사했더니… 아, 벌써 그렇게 오랫동안 이야기했나요?

음식 이야기를 하기로 했지요. 그러고 보니 수업에서도 언제나 이런 식으로 이야기가 빠져서 멈추지 않았었는데. 하하.

병원 창립 이념은 기독교 정신을 토대로 한 전인 치유.

요청

술안주는 언제나
튀김과 장어

"동네 술집에서 대화를 나누며 먹고 마셨어.
튀긴 음식이나 초밥은 식사라기보다 술안주였지."

I 씨(77세), 위암

오사카 시 니시요도가와(西淀川) 구 노자토(野里)에서 나고 자란 I 씨의 자택은 에도 시대(1603~1867) 중기에 지어진 농가다. 국가 유형 문화재로도 지정되었다고 한다. 자신은 향토 역사가로서 예로부터 전해져온 것을 차세대에 계승하는 활동에 많은 시간을 쏟았다고 한다. 병실 안에는 다음 달에 발행을 기다리는 향토사 출판물의 원고와 자료가 펼쳐져 있어서, 흡사 서재 같았다. 풍부한 지식이 넘치는 경묘한 말투로 이야기를 들려준 I 씨는 지역 역사를 전해주는 이야기꾼으로서 필시 인기가 있었을 것이다. 돌아갈 때는 항상 장난꾸러기 같은 미소로 "또 봐"라며 배웅해주었다.

튀김과 장어는 각각 다른 날 요청한 음식이다. 술집이나 작은 요릿집에서 나오는 일품요리 같은 세련된 분위기를 보고 "병원식이라고 생각할 수 없겠는데"라며 I 씨가 살짝 웃었다.

먹는다는 건
인간의 본능

나는 성격이 제멋대로라서 편식이 엄청 심해. 술은 고등학교 3학년 무렵부터 마셨고, 마실 때는 음식을 별로 먹지 않았다네. 서양 음식은 안 먹고 간장으로 맛을 낸 음식을 주로 먹었지. 여기에서 나오는 죽에도 간장을 떨어뜨려서 먹어. 맛이 강한 걸 좋아해서 튀김을 잘 먹었어. 뭐, 몸에 좋지 않은 것일수록 맛있잖아. 하하. 통풍은 없지만 당뇨가 있어.

나는 약국을 운영했는데, 집안도 나도 약제사고 아들은 의사야. 그래서 나에게 처방된 약의 작용 기저도 알고 있지. 가업이 그러한데도 몸 상태가 나쁜 걸 방치하고 검사를 늦게 받으러 갔어. 마침 글을 쓰느라 바쁘기도 했고. 드디어 병원에 가서 처방된 약을 보니 '아, 이건 안 되겠다'고 느낀 거야. 그렇게 깨달았을 때는 이미 늦었지. 당늪니까 수술도 어렵고 말이야. 그래서 때를 놓쳤다네.

올해 1월에 여동생도 암에 걸렸어. 여동생의 경우는 암이 생긴 위치가 안 좋아서 식사도 하지 못하고 링거만 맞았어. 인위적으로 맛을 낸 영양식이나 억지로 먹고, 그렇게 괴로운 시간을 보내면서 생명을 연장해도 두세 달뿐이더라고. 그걸 보고 있자니 치료에 들어가면 글을 쓰는 일도 못하겠다고 느꼈지. 그럴 바에야 한 달 반이라도 좋으니까 좋아하는 음식을 먹으면서 다섯 가지 정도 껴안고 있는 일도 전부 정리해버리자. 그렇게 생각해서 호스피스에 들어온 거야.

일하고 관계된 것도 있어서 병원 사정은 조금 알지만 여기 밥은 맛도, 음식을 담은 데에도 사람의 정성이 들어간 것을 알 수 있더군. 그래서 아무리 내가 제멋대로라고 해도 마음대로 남기지 않아. 그런데 좋아하는 요리까지 부탁하라고 해주니까 더 대단하지.

얼마 전에 늦잠을 자서 조식을 한 시간 늦게 받았어. 그런데도 죽이며 된장국이며 제대로 다시 데워서 갖다 주더라고. 그렇게까지 신경 써주는 병원은 별로 없을 거야. 선생님도 세세한 부분까지 신경 써주고 통증이 생기면 바로 약을 바꿔주셔. 간호사도 모두 정성스럽고 친절해. 스트레스 받을 일이 전혀 없더군. 이건 입원하고 바로 찍은 사진(벽에 붙은 스냅 사진을 가리키며)이야. 지금 내 머리와 비교해서 봐봐. 지금 머리카락이 더 검잖아. 하하. 암에 걸리고 이제 틀렸다고 들었으니 점점 체력이 떨어져야 할 텐데 계속 기운이 나니까 이럴 수도 있구나 하고 놀랐어. 역시 제대로 식사를 하는 게 중요한 거겠지. 먹는다는 건 인간의 한 본능이니까.

사람을 만나고
연구에 몰두했던 날들

1955년 무렵에 학교를 졸업하고 약학 대학에 다시 들어가서 약제사 면허를 취득했어. 그리고 의약계의 광고 디자인 회사에 취직했지. 의료 광고는 약사법의 법제가 있어서 디자인이나 카피에도 전문 지식이 요구되었어. 하지만 당시 광고업계에서 약제사 면허를 가진 건 나뿐이었어. 마침 텔레비전 광고의 주 수입원이 자동차, 가전, 그리고 의약품인 영양 드링크 이렇게 세 가지였거든. 그래서 광고회사 덴쓰(Dentsu)에서 나를 스카우트하겠다는 이야기도 있었어. 그런데 내가 가업인 약국과 부동산 관리, 주차장 회사를 해야 하는 상황이었지. 나는 다섯 남매 중 차남이고 셋째지만, 분위기가 그럴 수밖에 없었어.

한번 결정하고 나니 반발심이 들기보다 익숙한 일을 하는 게 낫다고 마음을 굳게 먹었어. 고향집은 유서 깊은 집안이라서 마침 지방문서가 많이 있었다네. 그래서 그때부터 고문서를 읽고 향토사를 조사하자고 결정했지. 그 뒤로 고문서를 배우기 위해 고난대학에 청강생으로 다니기 시작했어. 그때 마흔 살이 넘었던가? 집사람과는 근무했을 때 알게 되어서 벌써 50년이 되었네.

약국을 하니까 나도 집사람도 아이와 함께 저녁을 먹을 수가 없었어. 그러고 보면 가족이 다 함께 밥을 먹은 적이 별로 없었던 거 같군. 게다가 나는 제멋대로 말하고 내가 하고 싶은 일만 했어. 허허. 가족이 약국의 일도 도와줬고, 육아는 집사람이 맡아줬지.

인연이 있어서 센바(船場) 고문서 연구회에 3년 정도 다녔어. 그리고 독학으로 우리 집에 보관하던 지방문서를 해석하고 1989년에 《노자토 지(野里誌)》라는 책을 냈다네. 마을의 오랜 집안에 전해지는 지방문서는 비교적 많았지만 오사카에는 히데요시 시대보다 위쪽 중세문서는 거의 없었어. 그것이 때마침 우리 집에 있어서 이 책 속에 고문서집으로 게재했지. 우리나라에서 처음 공개하는 거야. 대학의 도서관에서 재고가 없는지 지금도 물어와.

니시요도가와는 공해 문제로 유명해져 버렸지만 오래된 역사가 있는 지역이지. 내가 나고 자란 노자토는 남북조 시대(1336-1392)부터의 토지로 옛 나카쓰카와(中津川) 등지의 수해로 고생하면서도 오사카 성 축조 이후는 도시

근교 농촌으로 발전해왔어. 그렇게 오래된 지역인데 구역사가 없었다네. 역사가 없다는 건 문화 수준과 관계가 있잖아. 그래서 역사를 만드는 데에 관여하기도 했지.

지역에서 전승되어온 문화를 아는 일은 그곳에서 살고 있는 사람에게 토지에 애착을 지니게 해주지. 그것이 앞으로의 도시 건설이 될 거야. 그렇게 생각해서 여러 가지 일을 해왔어. 돈벌이가 되어주지는 않았지만. 하하.

우리 집의 자료관에는 에도 시대 서당의 글씨본을 비롯해서 오래된 자료를 보존하고 있어서 지역 학교에서 특별 수업으로 견학을 온다네. 그런 오랜 집은 유지하는 것만으로도 정말 힘겨워. 그렇다고 해서 남겨진 것을 망칠 수도 없지 않은가. 전후에는 농지 개혁이 이루어지면서 지주는 착취하는 쪽이라는 원망의 대상이 되기도 했으니까. 사람들이 생각하는 만큼 편하게 살지 않았어.

나는 음식으로 그다지 고집부리는 게 없었어. 지역의 술집에서 도시 건설에 관련된 사람들과 마시면서 이야기하거나 고문서를 연구하는 동료나 역사 선생과 대화하는

데 술의 도움을 받은 정도지. 초밥이나 튀김은 술과 잘 맞고, 오사카는 장어도 맛있어. 그래서 여기에서 좋아하는 것을 먹는 날에는 그런 요리를 부탁해. 이 병원은 술도 마실 수 있다고 들었으니까 이번에 조금 부탁해볼까 생각 중이야. 하하.

지금 쓰고 있는 건 오사카 겨울 전투(에도 막부가 도요토미 가문을 공격하여 벌인 전투로 오사카 겨울 전투, 오사카 여름 전투로 나뉜다 – 옮긴이)에서 활약한 기타무라 산에몬 마사노부(喜多村三右衛門政信)의 이야기라네. 본인이 쓴 일대기를 자손이 보관한 건데, 직역하면 길어지니까 의역해서 해설도 붙였어. 입원하고 있어도 바빠 보인다고? 정말 할 일이 많아.

이 산에몬의 책만은 올해(2014년) 가을에 완성시키지 않으면 의미가 없어. 오사카 겨울 전투가 1614년이라서 올해가 400년째 되는 해니까. 남은 건 머리말과 맺음말뿐이니 어떻게든 되리라 생각해. 지금은 마감만이 스트레스야. 그쪽도 작가니까 마감이 괴롭겠네. 허허. 또 보세.

뒷이야기

2014년 9월에 《오사카 겨울 전투에서 활약했던 농민 무사 산에몬(大坂冬の陣で活躍した農民地侍三右衛門)》이 완성되었다. 출판기념 파티는 몸 상태를 고려해서 참석하지 못했다고 한다. 나중에 병실을 들르니 일부러 한 부 준비해두었다 건네주었다. 여기에 쓰인 역사 이야기는 I 씨가 노력하지 않았다면 계속 묻혀 있었을 것이다.

요청

어느새 좋아하게 된 비엔나 피자

"전국 각지를 전전하는 파란만장한 인생을 살았지요.
좋아하는 음식도 자꾸 바뀌었는데,
지금은 어쩐지 비엔나소시지가 좋아요."

나루사와 오사무(成澤治, 가명, 66세), 폐암

나루사와 씨는 와카야마 현에서 나고 자라서 전후 고도경제 성장기에 오사카, 도쿄, 야마나시, 나가노, 나고야 등의 건설 현장에서 일하며 생활해왔다. 대형 트럭을 타던 시기에는 〈트럭 야로(장거리 트럭 운전수들의 이야기를 유쾌하게 그려낸 영화 시리즈–옮긴이)〉처럼 일본 전국 방방곡곡을 달렸다고 한다. 상자 가득 채워진 가족사진을 펼치면서 두 번의 이혼을 거듭하며 떨어져 살게 된 두 아들의 어린 시절 이야기부터 기뻤던 일, 슬펐던 일, 즐거웠던 식사 등 여러 가지 인생의 풍경을 더듬더듬 말해주었다.

평소 먹던 피자 위에 비엔나소시지를 많이 올려달라고 요청했다고 한다. 피자 도우는 시판이지만, 토핑은 조리사가 직접 만들었다. 나루사와 씨도 연신 맛있다고 외쳤다.

두부가게를 하던
아버지

병에 걸린 뒤에는 미각이 변한 건지 먹고 싶은 것이 바뀌었어요. 그래서 여기에 입원한 뒤 식사 일기를 쓰게 되었지요. 고기를 받아들이지 못하는 시기도 있었지만 지금은 다시 맛있게 느껴지네요. 이 병원은 평상시의 식사에도 선택할 수 있는 메뉴가 많아서 햄버거나 비빔초밥, 소고기덮밥에 볶음국수에 여러 가지 음식을 먹었어요. 요청 식사에서 레어로 구워달라고 부탁한 스테이크도 맛있었지요. 지금은 비엔나소시지가 이상하게 맛있어서 지난번은 비엔나소시지를 듬뿍 얹은 믹스피자를 부탁했어요. 음식점에서 먹는 것처럼 맛있더군요. 그렇지. 냉장고에도 어육 소시지를 넣어놓고 지금은 두 개를 한꺼번에 먹기도 해요. 이상한 일이에요.

우리 아버지는 두부 가게를 했어요. 새벽 3시에는 잠자리에서 빠져나와서 매일 아침 두부를 만들었어요. 고향집은 바다도 산도 가까운 와카야마의 시골이에요. 바로 옆에 아름다운 강이 흐르고 있었기 때문에 두부 만들기의 생명인 물이 좋았어요. 아버지의 두부는 맛있다고 평판이 자자해서 우리 자식들도 자전거로 배달을 도와드렸어요. 그래서 우리는 가난하고 형제가 많았는데도 모두 한 사람에 한 대씩 자전거를 가지고 있었지요. 허허.

다만 대두는 가격이 안정적이지 않고, 두부 만들기는 수고에 비해 돈을 못 벌었어요. 그래서 아버지는 겸업으로 목수를 하셨어요. 손재주가 좋아서 어쨌든 유능한 일꾼이었지요. 기초 공사부터 스스로 기둥을 박아서 혼자서도 전부 하시더군요. 근처에서 부탁받은 작은 수리 일도 맡아서 하셨고요. 가리지 않고 일이 있으면 무엇이든 하셨어요. 가장 위 형님의 학비를 벌기 위해 아버지는 단신으로 댐 현장에도 가셨어요. 그런 아버지와 마찬가지로 나도 몸을 써서 무언가를 만드는 장인 일이 성격에 맞는다는 걸 깨달았지요. 나중에 야마나시나 나가노의 건

축 현장에 들어간 것은 아버지가 걸어간 길을 보고 자랐기 때문일지도 모르겠네요.

이리저리 떠돌던 파란만장 인생

내가 오사카로 나온 것은 고등학교를 중퇴하고 열여덟에 면허를 딴 뒤예요. 맨 처음 결혼했을 때는 고철상을 하고 있었지만, 1년 반 만에 570만 엔이라는 빚을 지고 파산하고 말았지요. 스물일곱 살 때, 1975년 무렵인가, 처음 결혼도 그래서 깨져버렸네요.

이건 두 번째 아내와의 결혼식 기념사진이에요. 아내가 예쁘다고요? 나는 얼굴만 따지니까. 하하. 아내와는 장사가 실패해서 도쿄로 나왔을 때 만났어요. 긴자에 있는 '하얀 장미'라는 나이트클럽에서 넘버원인 여자였지요.

그곳은 친구가 꾀어서 두세 번 간 것뿐이었는데, 아내와 마음이 맞아서 같이 놀게 되었어요.

그렇게 만난 아내를 데리고 도쿄를 떠나 야마나시로 이주했어요. 당시 야마나시는 산을 관통하는 커다란 우회 도로를 건설 중이었지요. 이 사진 속 다리는 나도 기초공사에 참여해서 2년 정도 걸려 지어졌어요. 산속에 있던 현장은 초록빛으로 둘러싸인 곳이었어요. 경치도 아름답고 공기도 깨끗해서 일하면서도 기분이 좋았어요. 내가 자란 와카야마도 시골이다 보니 역시 자연에 둘러싸인 환경을 좋아해요.

야마나시는 5월경이 되면 복숭아꽃이 폈어요. 도쿄 방면에서 차를 달려서 야마나시가 가까워지면 전방이 점점 복숭아꽃의 분홍빛으로 물드는 장소가 있었지요. 마치 도원향 같더군요. 복숭아든 사과든 어쨌거나 과일을 참 좋아했어요. 근처에는 과일 농가가 있었는데, "아저씨 하나만 먹읍시다"라고 말을 걸면 의외로 따먹게 해주더군요.

나중에 나가노 올림픽 관련 현장에서도 일했어요. 나

가노는 양고기 요리가 유명해요. 그 현장에서는 내가 노무자들의 우두머리가 되어서 몇 백 명을 통솔했는데, 동료들과 넓은 공터에서 양고기를 구워 먹기도 했지요.

나고야로 옮겨서 순조롭게 일하다가 도요타 쇼크(2008년 세계 불황의 여파로 도요타 자동차가 2009년 영업이익 전망을 하향 조정하면서 일어난 경제적 파급 효과 – 옮긴이)가 일어나 현장이 전부 취소되었어요. 그 무렵에는 이미 육십이 되었으니까 어려운 자리는 보내주지 않더군요. 그때까지는 기술자로서 자신만만하게 살아왔는데 시대가 바뀌어가니까 일자리를 구하기가 어려워졌어요. 그럴 때 알고 지낸 파지회수 회사 사장이 일자리를 줬어요. 하지만 어느 날 헌 신문을 들어 올리는 일을 하는데 팔을 올리기가 어려워지더라고. 그냥 아프다고만 생각했다가 나중에 병에 걸린 것을 알았어요. 하지만 그 시점에서는 이미 말기 암으로 수술 불가능이라고 하더군요.

음식으로 떠올리는
가족과의 시간

다시 과거 이야기로 돌아와서, 두 번째로 결혼한 전후는 대형 트럭을 몰았을 때였어요. 멀리 있는 작은 섬을 빼고 일본 대부분의 지역을 달려봤을 거예요. 아내가 함께 다니기도 했고. 아내는 생선을 좋아해서 홋카이도에서는 둘이서 연어 찌개를 먹으러 갔지요. 아오모리에는 여러 가지 종류의 오징어가 있는데 어쨌든 다 맛있게 먹었어요. 그 지역에서 명물인 라면집을 찾아가거나 허름해 보이는 식당에 트럭을 멈추고 둘이 가게에 들어가서 맛에 대해 이러쿵저러쿵하는 게 즐거웠어요. 항구를 지나가면 판매소에 들러서 생선을 사 가지고 집에 와서 손질해 먹기도 했네요. 고향인 와카야마는 생선이 풍부하잖아요. 아버지가 생선을 손질하는 모습을 봤었기 때문에 나도 회를 뜰 줄 알았지요.

이런 이야기를 하니 아들들이 떠오르네요(사진을 몇 장 꺼내며). 큰아들은 트럭에 태워줬지만 둘째 아들은 아직 기저귀 찬 아기라서 무리였어요. 편애할 생각은 아니었는데 밑에 아이는 뭔가 형한테 물려받는 게 많아서 섭섭했을지도 몰라요. 둘째 아들은 나를 싫어해요. 그 아이를 생각하면 괴로워서 눈물이 나오네요.

아이들이 아직 어린 시절에 두 번째 이혼을 한 뒤 둘 다 아내 쪽에서 맡아서 키워줬어요. 나는 할 말이 없지요. 벌써 20년 넘게 아들들과는 연락을 못했지만 여기 병원 분이 큰아들과 연락을 해줬어요. 아내의 고향집 전화번호에서 더듬어 찾아서. 얼마나 놀라고 기뻤던지. 일전에 큰아들이 손자를 데리고 나를 만나러 와줬어요. 얼굴을 본 순간은 정말이지… 둘째 아들도 한 번 만나고 싶어요. 하지만 말해도 소용이 없네요. 내가 바보 같은 건 알고 있어요.

날짜가 조금 남았지만, 곧 큰아들 생일이에요. 하지만 나는 언제 죽을지 알 수 없잖아요. 그래서 병원에서 눈치를 채고 오늘밤 생일 파티를 열어준다더군요. 최근에는 나도 조금씩 약해지는 걸 알지만, 죽는 게 무섭지는 않아요. 하지만 오늘은 손자를 안는 게 기대되니까 심장이 좀 더 힘을 내야 할 텐데. 허허.

갓 만든 요청식은 따뜻할 때 병실로 운반된다.

요청

가족과 둘러앉아 먹던 스키야키

"어떤 만찬을 먹고 싶을 때 우리는 반드시
고기를 먹어요. 남자가 스키야키를 담당하고,
가족들은 스키야키 냄비에 둘러앉지요."

이가와 지요에(井川千代恵, 80세), 폐암

지요에 씨는 소중하게 귀여움을 받으며 자란 외동딸이 그대로 나이를 먹은 듯한 느낌이었다. 느긋한 말투로 이야기할 때는 항상 '후후후' 하는 부드러운 웃음소리가 뒤따랐다. 대학까지 진학한 세 명의 아이들은 지금도 교토, 오사카, 고베에 모여 살며 교대로 병실에 머무른다고 한다. 스키야키를 요청한 주말의 저녁식사가 나올 때는 막내 도모코 씨와 장남인 히로유키 씨에게도 이야기를 들었다. 히로유키 씨의 맥주를 보고 "조금만 줘"라며 유리잔에 받아 맛있게 마신 지요에 씨는 또 후후후, 하고 웃었다.

고기의 맛을 듬뿍 빨아들인 밀기울과 양파, 그리고 정성스러운 칼질이 느껴지는 당근과 표고버섯. 지요에 씨는 집에서도 이렇게 해왔는지 맥주를 한 모금 마셨다. 그리고 더욱 편안한 표정을 지었다.

특별한 날,
아버지가 구워주던 고기

우리 부모님은 고기를 좋아하셨어요. 함께 장을 보러 갔을 때 어머니가 "오늘은 고기를 먹을까?" 하고 고기를 고르면 기뻤답니다. 아버지는 회사원이셨고, 특별히 유복한 집안은 아니었어요. 당시 고기는 특별한 음식이었으니까 자주 먹지는 못했지만, 그래도 종종 스키야키를 해주셨지요.

전쟁 전은 당연히 에어컨 같은 건 없는 시대였잖아요. 여름에는 집 안의 창문을 활짝 열어놓고 아버지가 스키야키 냄비를 꺼내 와서 고기를 구워주셨어요. 다 함께 땀을 줄줄 흘리면서 스키야키를 먹었지요. 평소 아버지가 부엌에 서는 일은 없었지만, 스키야키만은 직접 해주셨어요. 후후후. 맛을 어떻게 내냐고요? 오사카에서 태어나고 오사카에서 자라서 항상 국물을 사용하지 않는 간사이식 스키야키를 먹었는데, 다른 지방의 맛은 잘 모르겠네요.

나는 1933년 태어났고, 내가 아홉 살 때 남동생이 태어났어요. 남동생이 세 살 되었을 때 근처에 이질이 유행해서 맨 처음에는 내가 걸렸어요. 그것이 남동생에게도 옮았는데 남동생은 불쌍하게도 낫지 않아서… 그래서 줄곧 외동아이처럼 부모님에게 귀여움을 받았어요. 고기를 스테이크처럼 구워 먹는 날도 있었는데, 그럴 때는 외동아이니까 어린이인 나에게도 어른과 똑같이 한 장을 구워줬어요. 얄팍한 고기였지만 맛은 그만이었지요.

스키야키는
남자가 담당하는 것

결혼은 22살에 했어요. 자식은 첫째와 둘째가 아들, 막내가 딸이에요. 모두 결혼해서 각기 가정을 가진 뒤로는 남편과 친정어머니 셋이서 살게 되었어요. 남편은 8년 전에 세상을 떠났는데, 생선을 좋아해서 자기가 생선을 손질하거나 생선조림을 직접 하기도 했어요. 하지만 다른 요리는 내가 만들었답니다. 언제부터인가 습관처럼 스키야키만은 반드시 남편이 해줬어요. 아버지가 예전에 해줬던 것처럼. 고기를 굽고, 냄비의 음식을 보면서 "자, 다 됐다"며 모두를 불렀지요. 후후.

먼저 냄비를 뜨겁게 한 다음 우지를 둘러요. 그런 다음 고기를 넣고 배추와 파와 밀기울, 실곤약 등을 넣지요. 우리 어머니는 상당히 고기를 좋아하셨는데, 남편이 요리하는 옆에서 늘 참견을 하셨어요. 요리할 때면 냄비를 들여다보시고는 "조금 더 놔둘까? 기름이 나오지 않았잖아. 이러면 맛이 나지 않아"라는 식으로 말씀하셨어요. 우지가 잘 녹아야 그 육수가 나온다고 이러쿵저러쿵 하셨지요. 후후후.

어머니는 여든여덟에 돌아가셨는데 그해 9월까지 고기를 잘 드셨어요. 그러다가 갑자기 고기를 남기시더라고요. 그리고 석 달 후에 돌아가셨어요. 정말로 드실 수 있을 때까지 고기를 드셨지요.

도모코 씨 가족끼리 맛있는 음식을 먹고 싶을 때면 항상 스키야키를 선택했어요. 오빠가 둘이다 보니 내가 멍하니 있으면 그 사이에 고기가 없어졌어요.

히로유키 씨 아, 나도 스키야키만큼은 만들 수 있어요. 하하. 언제부터인가 우리 집에서 스키야키는 남자가 한다는 게 전통이 되었어요. 오봉(매년 양력 8월 15일을 중심으로 치러지는 일본의 명절 – 옮긴이)과 정월에는 고향집에 돌아가잖아요. 그때는 역시 스키야키를 먹자고 해요. 그리고 아버지와 똑같이 했어요.

치요에 씨 맞아. 기름을 두르는 부분부터. 게다가 이 아이는 항상 맛있는 고기를 가지고 와준답니다.

히로유키 씨 가코가와(加古川)에 살고 있어서 고베 소를 저렴하게 살 수 있는 곳을 알아요. 어머니가 고기를 좋아하시니까 사 가지고 오지요. 아, 왔다. 왔어.

스키야키가 운반되어 왔다. 조리사와 간호사가 가족과 함께 기념사진을 찍었다.

잘 먹겠습니다. 아, 맛있네요. 농도도 단맛도 딱 맞아요. 좋은 고기를 사용했네요. 당근도 칼로 이렇게 예쁘게 잘랐고. 네, 아들의 맥주를 함께 마실 거예요. 맥주는 몇 개월 만에 먹네요. 정말 맛있어요.

1주일에 한 번 이렇게 좋아하는 음식을 먹을 수 있다니 다른 병원에서는 없던 일이에요. 오늘로 요청 식사가 세 번째예요. 이제부터 점점 사치를 부릴지도 몰라요. 후후.

나는 남매도 없고 가족도 적지만 결혼한 후로는 남편 집안에서 사랑받으며 살았어요. 아이들도 건강하고 활기차게 잘 자라주었고요. 시누이의 아이들도 병원에 가끔 들러준답니다. 가계는 유복하지 않았지만 아들들은 국공립 대학에 진학해서 한시름 놨지요. 부모님은 나를 외동아이라고 소중하게 키워주셨고, 또 이렇게 병원에서도 대접을 해주시고, 아이들이나 일가친척들도 다들 잘해줬고요. 이렇게 살았던 건 모두의 덕택이에요. 정말 고마워요.

요청식을 만드는 사람들 4

음식에 담긴 메시지

의사 이케나가 마사유키(池永昌之)

병원 입장에서 요청식이란 도대체 무엇일까? 이케나가 마사유키 부원장에게 그렇게 물어보자 바로 대답이 돌아왔다.

"호스피스에서 환자를 돌보는 우리는 '나는 당신을 소중히 생각한다'는 마음을 각자의 입장에서 환자분에게 전달해야 합니다. 의사가 환자분의 육체적인 고통을 완화시키는 약을 처방하는 일도, 간호사가 시간을 들여 정성껏 몸을 닦는 일도, 호스피스에서 행해지는 케어는 전부 그 마음을 표현하는 방법이라고 할 수 있어요. 요청식은 영양사와 조리사가 그 마음을 표현하기 위해 자신들이 할 수 있는 일을 생각하는 데에서 시작되었습니다."

한 사람 한 사람이 전혀 다른 메뉴를 희망하는 요청 식사는 당연히 조리하는 수고도 들어가는데다가 비용 대비 효과가 나쁘다는 것을 쉽게 예상할 수 있었다. 듣자니 후생노동성의 식사 요양비의 제도 내에서 시행되고 있는데, 초과한 식재료비는 병원이 부담한다고 한다.

성인 15명 중 8명은 개인실 요금이 무료다. 각기 식사비 등은 들지만 의료보험이 적용되므로 일반 병동과 비슷한 정도로 자기부담을 하고 있다. 즉 이 병원의 요청 식사는 고액의 입원비를 낸 사람이 받는 특별 서비스의 종류가 아니라 호스피스를 필요로 하는 사람이라면 누구라도 받을 수 있는 케어 중 하나다.

최근에는 의료 현장에서도 식사의 중요성이 재확인되고 있어서 식사를 제공하는 일에 힘을 쏟는 병원이 늘어나고 있다. 그러나 이곳만큼 개별 메뉴부터 음식을 담는 데에까지 정성을 쏟는 시도는 거의 들어본 적이 없다.

이케나가 선생은 환자에게도 그렇지만, 누구나 듣고 이해하기 쉬운 목소리로 정성을 다해 이야기한다. 부드러우면서도 어딘가 단호한 어조가 인상 깊었다.

"맛있는 요리만 제공하는 일이라면 환자가 배달을 시켜 먹거나, 가족에게 음식을 가져오게 하거나, 병원이 유명한 요리사를 불러서 요리하는 방법도 있어요. 하지만 저희는 각자 다른 인생을 살아온 환자에게 개별적으로 해줄 수 있는 일을 병원에서 제공합니다. 그것은 환자가 '나는 소중한 존재다'라고 의식할 수 있게 해줍니다. 그런 부분에서 의미가 있어요."

취재 중 몇몇 환자가 호스피스로 옮겨오기 전 일반 병원에서 치료와 회복을 위해 "먹는 일이 중요하다"라고 반복적으로 압박받았던 경험을 이야기해 주었다. 책망 받는 기분이 들어서 그것이 무엇보다 괴로웠다고 눈물을 흘리며 이야기한 사람도 있었다.

"모든 병원이 환자를 위한다고 생각해서 영양을 관리한

빈틈없는 식사를 제공합니다. 다만 효율과 경제면을 우선하여 병원에서 나오는 식사를 소홀히 해온 부분도 있습니다. 영양은 있어도 맛이 있다고 느껴지지 않는 식사는 역시 먹을 수 없어요. 또한 나온 식사를 다 비운다고 좋은 것이 아닙니다. 맛있게 먹을 수 있도록 하는 게 중요합니다."

또 하나 신경 쓰이는 부분이 있었다. 이 호스피스로 옮겨온 뒤부터 혈색이 좋아지고, 기운이 난다는 이야기를 환자와 가족에게 여러 번 들었다. 그때마다 나까지 기쁜 마음이 들어 환자가 이대로 건강해지지 않을까 하고 약간 과도한 기대까지 품게 되었다. 하지만 실제로는 어떨까? 좋아하는 음식을 먹는 일로 의학적으로 병세가 회복되거나 수치가 좋아질 수 있는 것일까? 그렇게 묻자 이케나가 선생은 "매스컴 관계자는 그런 것에 관심이 있으시군요" 라고 조금 유감스러운 표정을 지었지만, 정성껏 설명해주었다.

"호스피스에서는 환자분의 고통을 조금이라도 덜어주

기 위해 의사는 약 처방을 꽤 세부적으로 조절합니다. 그 결과 고통이 경감되면서 식욕이 돌아오는 일도 많지요. 또한 괴로운 투병 생활에서 잃어버린 희망을 간호사들의 극진한 케어로 다시 찾게 되면 표정이 밝아지고 혈색이 좋아지는 경우도 있습니다. 마음이 긍정적이 되면 먹는 일이 즐거워지지요. 식사가 병세를 극적으로 바꾸는 일은 없지만, 음식을 포함한 케어가 전부 이어지면 환자분의 몸과 마음에 조금이라도 고통을 덜 수 있지 않을까요?"

이케나가 선생은 의학부를 목표로 한 고등학교 시절 요도가와 기독교 병원의 호스피스 개설을 보도에서 알았다. 의학부에 들어가려고 시험을 볼 때는 이미 장래 호스피스 의사가 되는 일을 의식했다고 한다.

"죽음이라는 것이 계속 무서웠습니다. 죽음이 무엇인지 잘 모르니까요. 호스피스에서 의사로서 종사하면 왠지 대답을 찾을 수 있지 않을까 하고 생각했습니다."

연수의로 요도가와 기독교 병원에 입사한 것이 1990년. 내과의 등을 거쳐 이후 호스피스 의사로서 환자의 케어에 깊게 관여하고 있다.

"호스피스는 의사 주도가 아니에요. 의사와 간호사가 서로 충분히 이야기를 나누어 결정하지 않으면 문제가 발생합니다. 따라서 대등하거나 혹은 간호사 쪽 입장이 강할 정도예요."

그 이야기에 수긍할 정도로 이케나가 선생을 비롯해서 이 호스피스에서 만난 의사에게는 일반 병동의 의사와는 다른 분위기가 있었다. 개인적이고 충동적으로 품은 인상이지만, 의사에게 있을 만한 고압적인 기운이 없다고 해야 할까? 그것은 열린 자세에서 비롯된 것이 아닐까 싶었다.

"이전에 통증을 참는 환자분이 있었습니다. 이야기를 들으니 대학 분쟁 때 학생운동을 해서 동료를 여러 명 잃었다고 합니다. 자신은 살아남은 사람이니까 이 고통을 참아가면서 세상을 떠나야 한다고 말씀하시더군요. 통증을 참는 모습을 보고 약을 싫어하는 환자분이라고 파악해 버리면 그뿐이지만, 배경을 들으면 그 환자분이 여러 가지 아픔을 품고 이제까지 살아왔음을 알게 됩니다. 지금 통증을 없애는 일도 중요하지만 이제까지의 인생에서 품어온 아픔도 알고 돌보는 일이 더욱 중요해요."

의사는 약을 사용해서 통증을 완화하는 일은 할 수 있어도 그 이상의 일은 할 수 없다. 약을 사용해도 완전히 듣지 않는 고통도 있다. 매일 병실을 들여다보고 말을 걸어 대화를 나누며 환자의 인생을 알고 개별적인 케어로 연결한다고 한다.

인터뷰 대상인 환자는 이케나가 선생과 이렇게 대화하던 중에 먹는 일에 관심이 높다고 생각되는 사람과, 이야기하는 것을 좋아하는 사람을 중심으로 소개받았다. 취재 중 환자 곁에 있는 가족에게도 이야기를 들을 기회가 많았다. 방 종류는 제각각이지만, 전부 가족과의 시간을 소중하게 보내는 공간으로 되어 있다.

"얼마 남지 않았다는 것을, 본인은 받아들여도 가족은 괴롭다고 느끼는 경우가 있습니다. 그런 가족의 케어는 물론, 요청 식사처럼 가족이 모이는 계기를 만드는 프로

그래도 있지요. 환자분이 돌아가시기까지 돌보았던 시간을 의미있게 여기는 일은 가족이 남은 인생을 살아가는 데 매우 중요합니다. 호스피스에서는 환자분의 의식이 없어지면 가족에 대한 케어도 특히 중요시합니다."

호스피스에서는 크게 나누어 병원 내 병동형과 독립형이 있다. 간단히 말하자면 병원 내의 한 병동으로 호스피스 완화 케어 병동을 가진 것이 병원 내 병동형 호스피스이고, 독립된 하나의 병원으로 호스피스 완화 케어 병동을 가진 것을 독립형 호스피스라고 부른다. 각기 이점과 단점이 있는데, 여기처럼 독립형 호스피스에 입원하는 일은 환자나 가족에게는 마음을 정리하는 일도 있어서 장벽이 높다. 다만 독립형이어서 가능한 케어 등도 있으므로 자유로운 케어가 가능하다고 이케나가 선생이 이야기해주었다.

예를 들어 24시간 면회가 가능해서 가족은 언제라도 병원에 올 수 있다. 또한 병원의 옥상에는 외부인이 들어오지 못하므로 환자가 안심할 수 있는 공간을 만들 수 있다.

마음대로 외출할 수 없는 환자에게는 근처를 산책하는 기분전환의 시간을 만들어준다. 나도 몇 번 방문했는데 환자끼리 푸른 하늘 아래에서 휴식을 취하며 흥겹게 대화하는 광경을 몇 번이나 보았다. 그리고 여기에서는 수명을 다한 분에게는 살아 있는 사람과 똑같이 정면의 현관에서 배웅한다고 한다. 그때는 얼굴에 덮개도 씌우지 않는다. 이것은 일반 병동에 있는 병원 내 병동형 호스피스에서는 어려운 일이다. 이곳의 직원 각자가 지닌 "우리는 당신을 소중한 존재로 맞이하고 있습니다"라는 생각은, 그야말로 마지막까지 강하게 담겨 있다.

O 씨의 팥떡

이곳에서 이야기를 들은 환자의 대부분은 세 번 이상 만날 수 있었다. 그중에는 다섯 번, 여섯 번이나 병실을 방문한 분도 있다. 어느 분과 몇 번 만날 수 있는지는 예측할 수 없다. 전날 괜찮았던 분을 다음 날 영영 만날 수 없게 된 적도 있었다.

작고 가는 음성으로 말수도 적었지만 방울소리가 울리는 듯한 목소리가 인상적이었던 여성 O 씨에게는 이야기를 들을 기회가 두 번 있었다. 때때로 숨쉬기가 괴로운 모습이라서 인터뷰를 중단할지 물어봤지만 "괜찮습니다"라고 항상 미소를 보이며 이쪽의 무례한 질문에도 웃으며 대답해주었다. 세 번째 기회가 돌아오지 않았기에 유감스럽게도 O 씨가 좋아했던 팥떡 만드는 법을 배울 수가 없었다. 그래서 그분의 요청식에 대해 사실 거의 쓸 말이 없었다.

O 씨는 등산이 화제가 되면 드물게 말수가 늘었다. 진심으로 산을 사랑하는 듯했다. 이렇게 O 씨에 대해 쓰고 있으면 등산과 팥떡에 대해 말할 때 촉촉하고 예쁜 눈동자가 풍부한 표정으로 생생하게 빛나던 일이 떠올랐다.

태어난 곳은 도쿄지만 어린 시절에 부모님의 전근으로 오사카에 와서 그 후로 줄곧 이쪽에 살았습니다. 네, 이제는 오사카의 입맛에 길들여졌지요.

고등학교 졸업 후에는 생명보험 회사에서 4~5년 일했어요. 내근이었지만 눈이 핑핑 돌 만큼 바쁜 부서라서 업무는 매일 저녁 늦게까지 했어요. 그래서 그곳을 관두고 공무원 시험을 봐서 오사카 시의 중학교 직원으로 이직했어요. 그때부터는 근무 시간도 규칙적이라서 제대로 휴식을 취할 수 있게 되었지요.

휴일에는 등산을 하러 자주 나갔어요. 열심히 오르게 된 건 30대 무렵부터였던가? 고등학교 시절에 등산 클럽에 들어갔는데, 그때 선배나 후배를 비롯해서 학교 직원 동료와 함께 산을 오르는 일이 많았어요.

특히 기억나는 것은 여름휴가를 이용해서 올랐던 야리가타케(槍ヶ岳) 산이에요. 고등학교 시절 클럽 동료와 선생님도 함께 일곱 명 정도의 그룹이었어요. 산막에서 이틀 밤을 묵었지요. 역시 산을 오르는 건 힘든 일이에요. 호호. 하지만 그 훌륭한 경치를 보면 피로는 이미 잊어버려요. 여름 산이니까 산뜻한 초록빛이 가득하고 귀여운 새 울음소리가 어딘가에서 정처 없이 들려와요. 피부에 상쾌하게 닿는 공기가 정말 깨끗해서 기분이 좋답니다.

주간에 등산하면서 체력을 다 소모해서 몹시 지치니까 산막에서는 눕자마자 바로 잠들어요. 산에서는 남자든 여자든 모두 신경 쓰지 않으니까 남자도 함께 아무 데나 누워서 자요. 호호. 그렇게 말하고 보니 야리가타케 산에서 여자는 나 혼자였네요.

산에서 마시는 아침 공기는 참 신선해요. 아침밥을 먹고 도시락용으로 주먹밥을 만들어서 그것을 가지고 또 산에 올랐어요. 기타알프스(일본 기후현 · 도야마현 · 나가노현에 걸쳐 있는 산맥)의 쓰바쿠로다케(燕岳)나, 도치기 현(栃木県)의 다로 산(太郎山) 등도 추억이 깊어요. 산은 오르면 오를수록 또 가고 싶어지니까 하산하면 바로 다음에 어디에 오를지 동료와 이야기하는 것도 즐거웠답니다.

나는 음식에 그다지 집착하지 않아서 좋아하는 반찬이라고 하면 생선튀김 정도? 호호. 평소 식사도 간단하게 먹는 편이고 집에서 공들여 요리하지 않았어요. 입원한 뒤에는 단 것이 먹고 싶어서 요청식으로 항상 팥떡을 부탁하고 있어요. 조금 껍질이 남도록 으깨지 않은 팥소를 좋아하는데 여기에서 만든 것은 단맛도 식감도 딱 적당해서 맛있어요. 집에서도 팥을 끓여서 가끔 만들었어요. 역시 팥이 좋아요.

팥떡 만드는 법이요? 특별한 방법은 아닌데, 팥을 물에 담가두고. 아, 그럼 또 다음에 이야기할게요.

맺음말

나는 당신을
소중하게 생각한다

죽음을 앞에 둔 말기 환자에게 호스피스로 행해지는 케어는 위 메시지를 전달하기 위한 표현 방법이라고 들었다. 나라는 사람이 누군가에게 매우 소중한 존재라고 인식하게 되면, 사람은 자신의 삶을 소중히 생각할 수 있다. 즉 호스피스는 죽기 위한 장소가 아니라 마지막까지 살기 위한 장소다.

호스피스 의료 종사자도 아니고, 시한부 선고를 받은 당사자도, 그 가족도 아닌 내가 이 책에서 전달하고 싶은 것은 도대체 무엇일까. 그렇게 자문하면서 환자의 곁에 왕래하고 죽음을 눈앞에 둔 사람의 말을 문자로 남기는 의미를 생각했다. 그리고 지금 이 맺음말을 쓰면서 '여기에 마지막까지 살아갔던 사람이 있다'는 것을 전달하고 싶은 마음, 그 외에는 없다는 생각이 든다.

이 책을 쓰기 위해 취재하는 2년 동안에도 암으로 쓰러진 지인이 세 명 있었다. 체력을 회복하여 치료를 재개할 작정으로 옮긴 병동 호스피스에서 남편과 아이들이 지켜보는 가운데 숨을 거둔 사람. 아직 어린 아이가 있는 엄마인데 자택에서 재택 케어를 받다가 가족 곁에서 마지막을 맞이한 사람. 일반 병동에서 암과 끝까지 싸우다가 영면한 사람. 각인각색, 각자의 방법으로 그들은 살아나갔을 것이다.

마지막 시기에 어디에서 어떻게 지낼지는 정말 다양하게 선택할 수 있다. 몇 번 이야기했지만, 취재하게 해준 요도가와 기독교 병원 호스피스·어린이 호스피스 병원은 완전 독립형 호스피스로 이 형태의 호스피스는 아직 일본 전국에서 손꼽을 정도다. 병동형 호스피스나 재택 호스피스를 비롯한 다른 독립형 호스피스는 자세히 알지 못하므로 제멋대로 비교할 수 없지만, 이곳의 환경은 매우 혜택을 받고 있을 것이다. 통상보다 재료비가 더 들어가는 요청식은 병원이 부족한 비용을 부담하여 시행되고 있고, 전술했지만 성인 15명 중 8명은 개인실 요금이 무료로 제공되고 있다. 경제적으로는 이 호스피스만 운영한다면 적자지만 요도가와 기독교 병원 그룹이 있기에 가능하다고 들었다. 즉 요청식 프로그램은 이 병원이라서 실현 가능한 케어다.

간호사인 와다 에이코 씨가 이런 말을 했다. 겨우 15개의 침상이 있는 호스피스에 들어오고 싶어도 한정된 침상에 빈자리가 생기기를 기다리는 동안 통증으로 괴로워하다가 힘을 다하고 마는 사람도 적지 않다고. 다양하게 혜택 받은 배경에 따라 만들어진, 어떤 의미로 꿈같은 이 공간이 존재하는 의미란 무엇일까? 여러 의료 기관이 있는 가운데 어떤 의미로 이곳이 있는 것인지 잘 생각해야 한다고 했다.

사실 나도 정확히는 알지 못한다. 다만 이 호스피스에서 자신의 삶과 가족의 존재에 감사하는 사람의 모습을 보며 나는 어떤 희망을 느끼면서 이 장소가 있다는 것에 감사하지 않을 수 없었다.

말기 환자와 만나면서 내가 처음에 강하게 느낀 점은 죽음에 가까이 갔다고 해도 살아있는 한, 사람은 역시 죽음에서 멀어지고 있다는 것이었다. 말기라고 해도 아직 먹고 말할 수 있는 사람에 한정된 탓도 있지만 만난 사람은 전부 다음 날의 식사를 기대하고 있었다. 즉 앞을 향해 살고 있었다. 가까운 미래에 죽음이 손짓한다고 해도 사람이 살아있다는 것은 앞으로 나아가는 일이다.

솔직히 모든 사람의 얼마 남지 않은 시간 속에 "처음 뵙겠습니다"라면서 뻔뻔하게 뛰어드는 행위에 대해 어쩐지 죄송스러운 생각이 들었다. 의사도 간호사도 아니고, 음식으로 환자를 케어하는 사람도 아니었다. 나라는 인간은 이 사람의 인생에 어떤 의미가 있을까? 귀중한 시간을 빼

앗기만 하는 것은 아닐까?

그런 식으로 멈춰섰을 때 불현듯 떠오른 것이 있었다. 바로 부원장 이케나가 마사유키 선생이 알려준 말이었다. 병원 입장에서 이 취재에 의미가 있다고 판단한 이유 중 하나가 '나만의 역사 테라피' 때문이라는 것이었다.

자서전 요법이라고도 부르는 '나만의 역사 테라피'는 뉴질랜드에 있는 호스피스에서 시작된 요법이다. 자원봉사자인 전 신문기자가 말기 암 환자에게 자서전을 쓰지 않겠냐고 제안한다. 그렇게 어린 시절, 학생 시절, 결혼 생활 등 인생을 돌아보면서 기뻤던 일과 환자에게 소중한 것을 떠오르게 한다. 환자 자신이 정리할 능력이 없는 경우는(대부분의 경우가 그렇다) 취재자가 문장으로 정리한다. 문자로 정리한 것은 가능하다면 본인에게 그리고 가족에게도 전달한다.

그런 식으로 제삼자에게 자신의 일을 이야기하는 동안 환자는 인생을 새삼 확인하거나 무언가를 깨닫는다고 한다. 또한 환자가 남기고 싶은 기억을 문장으로 하여 가족에게 이어받도록 하는 일은 환자가 가족에게 주는 선물이 되기도 한다고. 이 책도 그렇게 되었으면 좋겠다고 제멋대로 바란다.

슬픈 일도 있었지만, 사실은 취재하면서 기쁜 일이 생긴 사람도 많았다. 지금까지의 식사를 되돌아보는 일은 즐거운 풍경을 떠올리는 시간이기도 하며 취재 시 병실은 항상 놀랄 정도로 웃음소리로 가득했다. 음식을 통한 케어가 지니는, 밝고 친밀한 자리를 만드는 강한 힘을 눈앞에서 직접 보는 일도 많았다.

가족이 동석하여 진행된 인터뷰에서는 환자가 문득 털어놓는 한마디에 따님이나 아드님이 "그런 말을 지금까지 들어본 적이 없었다"고 놀라는 상황도 많았다. 반대로 가족이 하는 말에 환자가 눈물지으며 재차 고맙다고 말하기도 했다. 그것은 마치 제삼자인 내 존재가 가족의 이야기를 재편하는 계기가 되는 것처럼 느껴졌다. 그때마다 나는 커다란 선물을 받은 듯이 가슴이 서서히 따뜻해졌다.

병원에는 30번 이상 왕래했던 것 같다. 취재는 먼저 영양사인 오타니 사치코 씨가 희망 메뉴를 청취하면서 병실을 돌 때 동행했고, 그 후에는 나 혼자 병실에 방문하는 방식이 되었다. 재촉하는 일도 강요하는 일도 없이 환자의 말에 귀를 기울이는 오타니 씨의 모습은 이 취재의 의미를 다시금 일깨워 주셨다는 느낌이 든다.

이케나가 마사유키 선생에게는 환자의 취재 타진부터 시작하여 큰 조력을 받았다. 모든 간호사분들에게는 이따금 업무에 방해가 되었던 것은 아닌지 죄송스러운 마음을 전하고 싶다. 어쨌든 간호부장인 와다 에이코 씨는 자세한 상담은 물론, 취재가 끝나고 돌아갈 때에는 항상 배웅까지 해주셨다. 덕분에 나까지 치유받았다는 느낌이 들었다. 조리사인 다카후지 신지 씨는 환자의 요청 메뉴를 훌륭하게 재현해주셨다. 촬영 시 처음으로 환자가 먹는 요리를 시식했는데, 모두 이 지역의 음식점보다 훨씬 맛있어 놀라지 않을 수 없었다. 환자가 맛있다고 연호한 데에 새삼 공감할 수 있었다.

홍보담당 이토 마키(伊藤磨紀) 씨를 비롯해 병원 관계자

여러분의 협력 덕분에 이 책을 겨우 정리했다. 새삼 감사의 마음을 전한다. 또한 재현 메뉴를 먹음직스럽게 사진으로 담아준 후쿠모리 구니히로(福森クニヒロ) 씨, 요청 식사를 취재하지 않겠냐고 맨 처음 신문기사를 보내준 편집자 스기타 지구사(杉田千種) 씨, 수고스러운 편집 작업부터 합심하여 차분히 함께 달려주신 겐토샤(幻冬舎)의 이토 도모카(伊東朋夏) 씨까지 정말 감사드린다.

그리고 무엇보다 정말 귀중한, 매우 한정된 시간의 일부를 불쑥 찾아온 외부자인 나에게 주신 모든 분과 가족 분들에게 진심으로 감사의 마음을 전한다. 이야기를 들려주신 분들이 이 책을 읽었다면 어떻게 생각했을까? 물어보기 두렵지만, 개개인의 얼굴을 떠올려보면 취재 중에 그랬듯이 어느 분이나 웃으며 인정해주셨을 것 같다. 모든 분에게 정말 큰 마음을 받았다.

진심으로 한 분 한 분의 명복을 빕니다.

아오야마 유미코

옮긴이 정지영

대진대학교 일본학과를 졸업한 뒤 출판사에서 수년간 일본도서 기획 및 번역, 편집 업무를 담당하다 어느새 번역의 매력에 푹 빠져버렸다. 현재는 엔터스코리아 출판기획 및 일본어 전문 번역가로 활동 중이다. 주요 역서로는《비주얼 씽킹》《업무를 효율화하는 시간단축 기술》《그림으로 그리는 생각정리기술 도해사고력》《내 손으로 직접 만들어 더욱 건강한 과일 효소 레시피》등 다수가 있다.

KI신서 6446

잘 먹고 갑니다

초판 1쇄 인쇄 2016년 8월 31일
초판 1쇄 발행 2016년 9월 7일

지은이 아오야마 유미코 옮긴이 정지영
펴낸이 김영곤
해외사업본부 간자와 다카히로 황인화 이태화
디자인 이하나 일러스트 박경연
사진 후쿠모리 구니히로
영업본부장 안형태
출판영업팀 이경희 이은혜 권오권
출판마케팅팀 김홍선 최성환 백세희 조윤정
홍보팀장 이혜연
제작팀장 이영민
펴낸곳 (주)북이십일 21세기북스
출판등록 2000년 5월 6일 제406-2003-061호
주소 (10881) 경기도 파주시 회동길 201(문발동)
대표전화 031-955-2100 팩스 031-955-2151 이메일 book21@book21.co.kr

ISBN 978-89-509-6446-7 03830